版编目（CIP）数据

经典/闻一多著．—北京：当代世界出版社，

文化名家经典书馆/滕浩主编）

978-7-5090-1074-7

闻… Ⅱ.①闻… Ⅲ.①中国文学－现代文学－
集 Ⅳ.①I216.2

本图书馆 CIP 数据核字（2015）第 306866 号

名：	闻一多经典
行：	当代世界出版社
址：	北京市复兴路4号（100860）
址：	http：//www.worldpress.com.cn
话：	（010）83907332
话：	（010）83908409
	（010）83908455
	（010）83908377
	（010）83908423（邮购）
	（010）83908410（传真）
销：	全国新华书店
刷：	北京欣睿虹彩印刷有限公司
本：	710毫米×1000毫米 1/16
张：	18.5
数：	296千字
次：	2016年2月第1版
次：	2016年2月第1次
号：	ISBN 978-7-5090-1074-7
价：	27.80元

如发现印装质量问题，请与承印厂联系调换。
版权所有，翻印必究；未经许可，不得转载！

闻一多经

闻一多 著

收藏书坊
当代世界出版社

目 录

散 文

画展 ··· 3
家族主义与民族主义 ························· 5
复古的空气 ································· 8
从宗教论中西风格 ··························· 12
可怕的冷静 ································· 17
愈战愈强 ··································· 19
关于儒·道·土匪 ··························· 21
一个白日梦 ································· 25
什么是儒家 ································· 27
五四运动的历史法则 ························· 31
"五四"断想 ································· 35
妇女解放问题 ······························· 37
谨防汉奸合法化 ····························· 41

演 讲 词

论文艺的民主问题 ··························· 45
战后文艺的道路 ····························· 48

兽·人·鬼 ……………………………………… 53

艾青和田间 ……………………………………… 54

最后一次的讲演 ………………………………… 56

诗　　歌

红烛 ……………………………………………… 61

西岸 ……………………………………………… 64

时间的教训 ……………………………………… 68

黄昏 ……………………………………………… 69

印象 ……………………………………………… 71

美与爱 …………………………………………… 72

风波 ……………………………………………… 73

幻中之邂逅 ……………………………………… 74

志愿 ……………………………………………… 75

深夜的泪 ………………………………………… 76

贡臣 ……………………………………………… 78

死 ………………………………………………… 79

春之首章 ………………………………………… 80

春之末章 ………………………………………… 82

初夏一夜的印象 ………………………………… 84

红荷之魂 ………………………………………… 86

太阳吟 …………………………………………… 88

寄怀实秋 ………………………………………… 90

玄思 ……………………………………………… 92

火柴 ……………………………………………… 93

忆菊 ……………………………………………… 94

目 录

晴朝	97
我是一个流囚	99
笑	101
园内	102
李白之死	117
剑匣	125
雨夜	134
雪	135
睡者	136
二月庐	138
诗人	139
快乐	140
回顾	141
失败	142
游戏之祸	143
花儿开过了	144
十一年一月二日作	146
青春	148
宇宙	149
香篆	150
国手	151
春寒	152
钟声	153
爱之神	154
谢罪以后	155
忏悔	157
黄鸟	158

艺术的忠臣	160
诗债	161
别后	162
孤雁	164
太平洋舟中见一明星	168
记忆	170
秋色	171
秋深了	175
秋之末日	176
废园	177
小溪	178
稚松	179
烂果	180
色彩	181
梦者	182
红豆	183
大鼓师	199
渔阳曲	202
你看	209
也许	210
醒啊！	211
七子之歌	213
长城下之哀歌	217
我是中国人	224
爱国的心	227
洗衣歌	228
回来了	230

目 录

狼狈 ………………………………………… 232
闻一多先生的书桌 ………………………… 233
叫卖歌 ……………………………………… 235
末日 ………………………………………… 236
南海之神 …………………………………… 237
抱怨 ………………………………………… 244
唁词 ………………………………………… 245
天安门 ……………………………………… 246
欺负着了 …………………………………… 248
比较 ………………………………………… 250
死水 ………………………………………… 251
黄昏 ………………………………………… 253
春光 ………………………………………… 254
鸟语 ………………………………………… 255
心跳 ………………………………………… 257
贡献 ………………………………………… 259
罪过 ………………………………………… 260
收回 ………………………………………… 261
什么梦？ …………………………………… 262
口供 ………………………………………… 263
你莫怨我 …………………………………… 264
"你指着太阳起誓" ………………………… 266
忘掉她 ……………………………………… 267
泪雨 ………………………………………… 269
我要回来 …………………………………… 270
夜歌 ………………………………………… 271
一个观念 …………………………………… 272

发现 …………………………………… 273

祈祷 …………………………………… 274

一句话 ………………………………… 276

荒村 …………………………………… 277

飞毛腿 ………………………………… 280

答辩 …………………………………… 281

奇迹 …………………………………… 282

八教授颂 ……………………………… 284

散文

画　展

我没有统计过我们这号称抗战大后方的神经中枢之一的昆明，平均一个月有几次画展，反正最近一个星期里就有两次。重庆更不用说，恐怕每日都在画展中，据前不久从那里来的一个官说，那边画展热烈的情形，真令人咋舌。（不用讲，无论那处，只要是画展，必是国画。）这现象其实由来已久，在我们的记忆中，抗战与风雅似乎始终是不可分离的，而抗战愈久，雅兴愈高，更是鲜明的事实。

一个深夜，在大西门外的道上，和一位盟国军官狭路当逢，于是攀谈起来了。他问我这战争几时能完，我说："这当然得问你。"

"好罢！"他爽快的答道，"老实告诉你，战争几时开始，便几时完结。"事后我才明白他的意思是说，只要他们真正开始反攻，日本是不值一击的。一个美国人，他当然有资格夸下这海口。但是我，一个中国人，尤其当着一个美国人面前，谈起战争，怎么能不心虚呢？我当时误会了他的意思，但我是爱说实话的。反正人家不是傻子，咱们的底细，人家心里早已是雪亮的，与其欲盖弥彰，倒不如自己先认了，所以我的答话是："战争几时开始？你们不是早已开始了吗？没开始的只是我们。"

对了，你敢说我们是在打仗吗？就眼前的事例说，一面是被吸完血的××编成"行尸"的行列，前仆后继的倒毙在街心，一面是"琳琅满目"、"盛况空前"的画展，你能说不是一面在"奸污"战争，一面在逃避战争吗？如果是真实而纯洁的战争，就不怕被正视，不，我们还要用钟爱的心情端详它，抚摩它，用骄傲的嗓音讴歌它。唯其战争是因被"奸污"而变成一个腐烂的，臭恶的现实，所以你就不能不闭上眼睛掩着鼻子，赶紧逃过，逃的愈远愈好，逃到"云烟满纸"的林泉丘壑里，逃到"气韵生动"的仕女前……反之,逃得愈远,心境愈有安顿,也愈可以放心大胆让双手去制造血腥的事实。既然"立地成佛"有了保证,屠刀便不妨随时拿起,随时放下,随时放下,随时拿起。原来某一类说不得的事实和画展是互为因果的,血腥与风雅是一而二,二而一罢了。诚然,就个人说,成佛的不一定亲手使过屠刀,可是至少他们也是帮凶和窝户。如果是借刀杀人,让旁人担负使屠刀的劳力和罪名,自己干没了成佛的实惠,其居心便更不可问了。你自命读书明理的风雅阶级,说得轻点,是被利用,重点是你利用别人,反正你是逃不了责任的!

　　艺术无论在抗战或建国的立场下,都是我们应该提倡的,这点道理并不只你风雅人士们才懂得。但艺术也要看那一种,正如思想和文学一样,它也有封建的与现代的,或复古的与前进的(其实也就是非人道的与人道的)之别。你若有良心,有魄力,并且不缺乏那技术,请站出来,学学人家的画家,也去当个随军记者,收拾点电网边和战壕里的"烟云"回来,或就在任何后方,把那"行尸"的行列速写下来,给我们认识认识点现实也好,起码你也该在随便一个题材里多给我们一点现代的感觉,八大山人,四王,吴恽,费晓楼,改七芗,乃至吴昌硕,齐白石那一套,纵然有他们的历史价值,在珂罗板片中也够逼真的了,用得着你们那笨拙的复制吗?在这复古气焰高张的年代,自然正是你们扬眉吐气的时机。但是小心不要做了破坏民族战斗意志的奸细,和危害国家现代化的帮凶!记着我的话,最后裁判的日子必然来到,那时你们的风雅就是你们的罪状!

家族主义与民族主义

周初是我们历史的成年期，我们的文化也就在那时定型了。当时的社会组织是封建的，而封建的基础是家族，因此我们三千年来的文化，便以家族主义为中心，一切制度，祖先崇拜的信仰，和以孝为核心的道德观念等等，都是从这里产生的。与家族主义立于相反地位的一种文化势力，便是民族主义。这是我们历史上比较晚起的东西。在家族主义的支配势力之下，它的发展起初很迟钝，而且是断断续续的，直至最近五十年，因国际形势的刺激，才有显著的持续的进步。然而时代变得太快，目前这点民族意识的醒觉，显然是不够的。我们现在将三千年来家族主义与民族主义两个势力发展的情形，作一粗略的检讨，这对于今后发展民族主义许是应有的认识。

上文已经说过，建立封建制度的基础是家族制度。但封建制度的崩溃，也正由于它这基础。一个最强固的家族，是在它发展得不大不小的时候。太小固然不足以成为一个力量，太大则内部散漫，本身力量互相抵消，因此也不能成为一个坚强统一的有机体。封建的重心始终在中层的大夫阶级，理由便在此。重心在大夫，所以侯国与王朝必趋于削弱。以至制度本身完全解体。一方面封建制度下所谓国，既只是一群家的组合体，其重心在家而不在国，一方面国与国间的地理环境，既无十分难以打通的天然墙壁，而人文方面，尤其是文字的统一，处处都是妨碍任何一国发展其个别性的条件，因此在列国之间，类似民族主义的观念便无从产生。春秋时诚然喊过一度"尊王攘夷"的口号，但是那"夷"毕竟太容易"攘"了（有的还不待攘而自被同化），所以也没有逼出我们的民族主义来。我们一直在为一种以家族主义为基础的天下主义努力，那便是所谓"天下一家"的理想。到了秦汉,这理想果然实现了。就以家族主义为基础的精神看来,郡县只是抽掉了侯国的封建——一种阶层更简单,组织更统一,基础更稳固的封建制度,换言之,就是一种更彻底,更合理的家族主义的社会组织。汉人看清了这一点,索性就以治家之道治天下,而提倡孝,尊崇儒术。这办法一直维持了二千余年,没有变过,可见它对于维持内部秩序相当有效。可惜的是一个国家的问题不仅从内部发生,因而家族主义的作用也就有时而穷了。

自汉朝以孝行为选举人才的标准,渐渐造成汉末魏晋以来的门阀之风,于是家族主义更为发达。突然来临的五胡乱华的局面,不但没有刺激我们的民族主义,反而加深了我们的家族主义。因为当时的人是用家族主义来消极的抵抗外患。所以门阀之风到了六朝反而更盛,如果当时侵入的异族讲了民族主义,一意要胡化中国,我们的家族主义未尝不可变质为民族主义。无奈那些胡人只是学华语,改汉姓,一味向慕汉化,人家既不讲民族主义,我们的民族主义自然也讲不起来。一方面我们自己想借家族主义以抵抗异族,一方面异族也用釜底抽薪的手段,附和我们的家族主义,以图应付我们,于是家族主义便愈加发达,而民族意识便也愈加消沉。再加上当时内侵的异族本身,在种族方面万分复杂,更使民族主义无从讲起。结果到了天宝之乱,几乎整个朝廷的文武百官,都为了保全身家性命,投降附逆了。一位"麻鞋见天子,衣袖露两肘"的诗人便算作了不得的忠臣,那时代的忠的观念之缺乏,真叫人齿冷!这大概是历史上民族意识最消沉的一个时期了。

然而唐初已开始设法破坏门阀,而轻明经,重进士的选举制度也在暗中打击拥护家族主义的儒家思想,这些措施虽未能立刻发生影响而消灭门阀观念,但至少中唐以下,十分不尽人情的孝行是不多见了。(韩愈辩讳便是孝的观念在改变中之一例。)这是历史上一个重要的转捩点。因为老实说,忠与孝根本是冲突的,若非唐朝先把孝的观念修正了,临到宋朝,无论遇到多大的外患,还是不会表现那么多忠的情绪的。孝让一步，忠才能进一步，忠孝不能两全，家族主义与民族主义不能并立，不管你愿意与否，这是铁的事实。

　　历史进行了三分之二的年代，到了宋朝，民族主义这才开始发芽，迟是太迟，但仍然是值得庆幸的。此后的发展，虽不是直线的，大体说来，还是在进步着。从宋以下，直到清末科举被废，历代皆以经义取士，这证明了以孝为中心思想的家族主义，依然在维持着它的历史的重要性。但蒙古满清以及最近异族的侵略，却不断的给予了我们民族主义发展的机会，而且每一次民族革命的爆发，都比前一次更为猛烈，意识也更为鲜明。由明太祖而太平天国，而辛亥革命，以至目前的抗战，我们确乎踏上了民族主义的路。但这条路似乎是扇形的，开端时路面很窄，因此和家族主义的路两不相妨，现在路面愈来愈宽，有侵占家族主义的路面之势，以至将来必有那么一天，逼得家族主义非大大让步不可。家庭是永远不能废的，但家族主义不能存在。家族主义不存在，则孝的观念也要大大改变，因此儒家思想的价值也要大大减低了。家族主义本身的好坏，我们不谈，它妨碍民族主义的发展是事实，而我们现在除了民族主义没有第二条路可走（因为这是到大同主义必经之路），所以我们非请它退让不可。

　　有人或许以为讲民族主义，必须讲民族文化，讲民族文化必须以儒家为皈依。因而便不得不替家族主义辩护，这似乎是没有认清历史的发展。而且中国的好东西至少不仅仅是儒家思想，而儒家思想的好处也不在其维护家族主义的孝的精神。前人提过"移孝作忠"的话，其实真是孝，就无法移作忠，既已移作忠，就不能再是孝了。倒是"忠孝不能两全"真正一语破的了。

复古的空气

近来在思想和文学艺术诸方面，复古的空气颇为活跃，这是值得注意的一个现象。就一般民众讲，文化是有惰性的，而农业社会尤其如此。几千年积下来的习惯和观念，几乎成了第二天性，骤然改动，是不舒服的。其实就这群浑浑噩噩的大众说，他们始终是在"古"中没有动过，他们未曾维新，还谈得到什么复古！我们所谓复古空气，自然是专指知识和领导阶级说的。不过农民既几乎占我们人口百分之八十，少数的知识和领导阶级，不会不受他的影响，所以谈到少数人的复古空气，首先不能不指出那作为他们的背景的大众。至于少数人之间所以发生这种空气，其原因与动机，可以分作四个类型来讲。

（一）一般的说来，复古倾向是一种心理上的自卫机能。自从与外人接触，在物质生活方面，发现事事不如人，这种发现所给予民族精神生活的担负，实在太重了。少数先天脆弱的心灵确乎给它压瘪了，压死了。多数人在这时，自卫机能便发生了作用。本来文学艺术以及哲学就有逃避现实的趋势，而中国的文学艺术与哲学尤其如此。

中国人现实方面的痛苦，这时正好利用它们来补偿。一想到至少在这些方面我们不弱于人，于是便有了安慰。说坏了，这是"鱼处于陆，相濡以湿，相嘘以沫"的自慰的办法。说好了，人就全靠这点不肯绝望的刚强性，才能够活下去，活着奋斗下去。这是紧急关头的一帖定心剂。虽不彻底，却也有些暂时的效用。代表这种心理的人，虽不太强，也不太弱，惟其自知是弱，所以要设法"自卫"，但也没有弱到连"自卫"的意志都没有，所以还算相当的强，平情而论，这一类型的复古倾向，是未可厚非的。

（二）另一类型是带有报复意味的自尊心理，凡是与外人直接接触较多，自然也就饱尝屈辱经验的人，一方面因近代知识较丰富，而能虚心承认自己落后，另一方面，因为往往是社会各部门的领袖，所以有他们应有的骄傲和自尊心，然责任又教他们不能不忍重负辱，那种矛盾心理的压迫是够他们受的。压迫愈大，反抗也愈大。一旦机会来了，久经屈辱的自尊心是知道图报复的，于是紧跟着以抗战换来的民族荣誉和国家地位，便是甚嚣尘上的复古空气。前一类型的心理说我们也有不弱于人的地方，这一类型的简直说我们比他们高。这些人本来是强者，自大是强者的本色，民族荣誉和国家地位也实在来得太突然，教人不能不迷惑。依强者们看来，一种自然的解释，是本来我们就不是不如人，荣誉和地位是我们应得的。诚然——但是那种趾高气扬的神情总嫌有些不够大方罢！

（三）第三个类型的复古，与其说是自尊，无宁说是自卑，不少的外国朋友捧起中国来直使我们茫然。要晓得西洋的人本性是浪漫好奇的，甚至是怪僻的，不料真有人盲从别人来捧自己，因而也大干起复古的勾当来。实在是这种复古以媚外的心理，也并不少见。

（四）如果第三种人是完全没有自己，第四种人便是完全为自己打算的。有的是以复古来掩饰自己不懂近代知识，多半的老先生们属于这一类，虽则其中少年老成的分子也不在少数。有的正相反，又以复古来掩饰自己不大懂线装书的内容，暴发户的"二毛子"属于这一类，虽则只读洋装书的堂堂学者们也有时未能免俗。至于有人专门搬弄些"假古董"在国际市场上吸收外汇，因而为对外推销的广告用，不得不响应国内的复古运动，那就不好批评了。

复古的心理是分析不完的。大致说来，最显著的不外上述的四类型。其中有比较可取的，有居心完全不可问的。纯粹属于某一类型的大概很少，通常是几种揉合错综起来的一个复杂体。说复古空气是最近新兴的现象，也不合事实。趋势早已在酝酿，不过最近似乎更表面化了一点。为什么最近才表面化？当然与抗战有关。历史在转向，转向时的心理是不会有平静。转得愈急，波动愈大，所以在这抗战期间，一面近代化的呼声最高，一面复古的空气也最浓厚。

就一般的人说，心理的波动，不足怪，但少数的知识和领导分子，却应该早已认清历史，拿定主意，游移虽不致改变历史，但是会延缓历史的进展，须知我们的时间和精力都不容浪费。

我们的民族和文化所以能存在到今天，自然有其生存的道理在，这道理并不像你所想的，在能保存古的，而是正相反，在能吸收新的。历史告诉我们，中国文化并不是一个单纯的，一成不变的文化，（如果是那样的，它就早完了。）最初东西夷夏两民族，分明代表着两个不同的文化。

如果你站在东方，以夷（殷人及东夷）为本位，那便是夷吸收了夏；如果站在西方，以夏（夏、周）为本位，那便是夏吸收了夷。但是这两个文化早已融合到一种程度，使得我们分辨不出谁是主，谁是客来。在血缘上，楚与北方夷夏二族的关系，究竟如何，现在还不知道。无论如何，在文化上，直至战国，他们还是被视为外国人的。逐渐的这一支文化也被吸收了，到了汉朝，南北又成了一家，分不出主客来。究竟谁是我们的"古"？严格的讲，殷的后裔孔子若要复古，文武周公就得除外，屈原若要复古，就得否认《三百篇》。从西周到战国，无疑是我们文化史中最光荣的一段，但从没有听说那时的人站在民族的立场上讲复古的。即便依你的说法，先秦北方的夷夏和南方的楚，在民族上还是一家，文化也不过是大同小异，不能和今天的情形相比。那么，打汉末开始的一整部佛教史又怎样呢？宋明人要讲复古，会有他们那"儒表佛里"的理学吗？会有他们那《西厢》《水浒》吗？还有一部清代的朴学史，也不能不承认是耶稣教士带来的西洋科学精神的赐予。以上都是极显而易见的历史事实，文化史上每放一次光，都是受了外来的刺激，而不是因为死抓着自己固有的东西。

不但中国如此，世界上多少文化都曾经因接触而交流，而放出异彩。凡是限于天然环境，不能与旁人接触，或有接触，而自己太傻太笨，不能，因此就不愿学习旁人的民族，没有不归于灭亡的。天然环境的限制，只要有决心，有勇气，还可以用人力来打开（例如我们的法显，玄奘，义净诸人的故事）。怕的是自己一味固执，不肯虚怀受善。其实那里是不肯，恐怕还是不能，不会罢！如果是这种情形，那就惨了。我深信我们今天的情形，不属于这一类，然而我仍然有点不放心。佛教思想与老庄本就有些相近，让我们接受佛教思想，比较容易。今天来的西洋思想确乎离我们太远，是不是有人因望而生畏，索性就提倡复古以资抵抗呢？幸而今天喜欢嚷嚷孔学，和哼哼歪诗的人，究竟不算太多，而青年人尤其少。

我得强调的声明，民族主义我们是要的，而且深信是我们复兴的根本。但民族主义不该是文化的闭关主义。我甚至相信正因我们要民族主义，才不应该复古。老实说，民族主义是西洋的产物，我们的所谓"古"里，并没有这东西。谈谈孔学，做做歪诗，结果只有把今天这点民族主义的萌芽整个毁掉完事。其实一个民族的"古"是在他们的血液里，像中国这样一个有悠久历史的民族，要取消它的"古"的成分，并不太容易。难的倒是怎样学习新的，因为我们在上文已经提过，文化是有惰性的，而愈老的文化，惰性也愈大。克服惰性是一件难事啊！

有人说，你太傻了，你忘了"儒表佛里"的理学家的道统是从文武周公算起的，而不从释迦牟尼算起，接受西洋科学精神的朴学，仍称为汉学，而不称西学。内容无妨接受人家，外表还得是自己的。这是面子问题，而面子也不能不顾。今天的复古，也可以作如是观。我但愿自己太傻，然而我又担心拥护复古的人们和我一样的傻。傻到真正言行一致。

从宗教论中西风格

要说明中西人风格的不同，可以从种种不同的方面着眼，从宗教着眼，无疑是一个比较扼要的看法。所谓宗教，有广义的，有狭义的。狭义的讲来，中国人没有宗教，因此我们若能知道这狭义宗教的本质是什么，便也知道了中西风格不同之点在那里。至于是宗教造成了西洋人的性格，还是西洋人的性格产生了他们的宗教，那是一个鸡生蛋还是蛋生鸡的辩论，我们不去管它。目下我们要认清的一点，是宗教与西洋人的性格是不可分离的。

要确定宗教的本质是什么，最好是溯源到原始思想。生的意志大概是人类一切思想的根苗。人类生活愈接近原始时代，求生意志的强烈，与求生能力的薄弱，愈有形成反比例之势。但是能力愈薄弱，不仅不能减少意志的强烈性，反而增加了它。在这能力与意志不能配合的难关中，人类乃以主观的"生的意识"来补偿客观的"生的事实"之不足，换言之，因一心欲生，而生偏偏是不完整，不绝对的，于是人类便以"死的否认"来保证"生的真实"。这是人类思想史的第一页，也实在是一个了不得的发明。我们今天都认为死是一个千真万确的事实，原始人并不这样想。对于他们，死不过是生命途程中的另一阶段，这只看他们对祭祀态度的认真，便可知道。我们也可以说，他们根本没有死的观念，他们求生之心如此迫切，以至忽略了死的事实，而不自觉的做到了庄子所谓"以死生为一体"的至高境界。我说不自觉的，因为那不是庄子那般通过理智的道路然后达到的境界，理智他们绝对没有，他们只是一团盲目的求生的热欲，在热欲的昏眩中，他们的意识便全为生的观念所占据，而不容许那与生相反的死的观念存在，诚然，由我们看来，这是自欺。但是，要晓得对原始人类，生存是那样艰难，那样没有保障，如果没有这点生的信念，人类如何活得下去呢？所以我们说这人类思想史的第一页，是一个了不得的发明。

原始人类不承认死的事实，那不死简直是肉体的不死，这还是可以由他们对祭祀的态度证明的。但是知识渐开，他们终于不得不承认死是一个事实。承认了死，是否便降低了生的信念呢？那却不然。他们承认的是肉体的死，至于灵魂他们依然坚持是不会死的。以承认肉体的死为代价，换来了灵魂不死的信念，在实利眼光的人看来，是让步，是更无聊的自欺，在原始人类看来，却是胜利，因为他们认为灵魂的存在比肉体的存在还有价值，因此，用肉体的死换来了灵魂的不死，是占了便宜。总之他们是不肯认输，反正一口咬定了不死，讲来讲去，还是不死，甚至客观的愈逼他们承认死是事实，主观的愈加强了他们对不死的信念。他们到底为什么要这样倔强，这样执迷不悟？理智能力薄弱吗？但要记得这是理智能力进一步，承认了肉体的死是事实以后的现象。看来理智的压力愈大，精神的信念跳得愈高。理智的发达并不妨碍生的意志，反而鼓励了它，使它创造出一个永生的灵魂。这是人类思想史的第二页，一个更荒唐，也更神妙的发明。

人类由自身的灵魂而推想到大自然的灵魂，本是思想发展过程中极自然的一步。想到这个大自然的灵魂实在就是人类自己的灵魂的一种投射作用，再想到这投射出去的自己，比原来的自己几乎是无限倍数的伟大，并又想到在强化生的信念与促进生的努力中，人类如何利用这投射出去的自己来帮助自己——想到这些复杂而纡回的步骤，更令人惊讶人类的"其愚不可及"，也就是他的其智不可及。如今人毕竟承认了自己无能，因为他的理智又较前更发达了一些，他认清了更多的客观事实，但是他就此认输了吗？没有。人是无能，他却创造了万能的神。万能既出自无能，那么无能依然是万能。如今人是低头了，但只向自己低头，于是他愈低头，自己的地位也愈高。你反正不能屈服他，因为他有着一个铁的生命意志，而铁是愈锤炼愈坚韧的。这人类思想史的第三页，讲理论，是愈加牵强，愈加支离，讲实用，却不能不承认是不可思议的神奇。

如果是以贿赂式的祭祀为手段，来诱致神的福佑或杜绝神的灾祸，或有时还不惜用某种恫吓式的手段，来要挟神做些什么或不做些什么——对神的态度，如果是这样，那便把神的能力看得太小了。人小看了神的能力其实也就是小看了自己的能力，严格的讲，可以恫吓与贿赂的手段来控制的对象，只能称之为妖灵或精物，而不是神，因之，这种信仰也只能算作迷信，而不是宗教。宗教崇拜的对象必须是一个至高无上的，神圣的，万能而慈爱的神，你向他只有无条件的依皈和虔诚的祈祷。你的神愈是全德与万能，愈见得你自己全德与万能，因为你的神就是你所投射出去的自身的影子。既然神就是像自己，所以他不妨是一个人格神，而且必然是一个人格神。神的形象愈像你自己，愈足以证明是你的创造。正如神的权力愈大，愈足以反映你自己权力之大。总之，你的神不能太不像你自己，不像你自己，便与你自己无关，他又不能太像你自己，太像你自己，便暴露了你的精神力量究竟有限。是一个不太像你，又不太不像你的全德与万能的人格神，不多不少，恰恰是这样一个信仰，才能算作宗教。

按照上述的宗教思想发展的程序和它的性质，我们很容易辨明中西人谁有宗教谁没有宗教。第一，关于不死的问题，中国人最初分明只有肉体不死的观念，所以一方面那样看重祭祀与厚葬，一方面还有长生不老和白日飞升的神仙观念。真正灵魂不死的观念，我们本没有，我们的灵魂观念是外来的，所以多少总有点模糊。第二，我们的神，在下层阶级里，不是些妖灵精物，便是人鬼的变相，因此都太像我们自己了，在上层阶级里，他又只是一个观念神而非人格神，因此又太嫌不像我们自己了。既没有真正的灵魂观念，又没有一个全德与万能的人格神，所以说我们没有宗教，而我们的风格和西洋人根本不同之处恐怕也便在这里。我们说死就是死，他们说死还是生，我们说人就是人，他们说不是，人是神。我们对现实屈服了，认输了，他们不屈服，不认输，所以他们有宗教而我们没有。

  我们在上文屡次提到生的意志，这是极重要的一点，也许就是问题的核心。往往有人说弱者才需要宗教，其实是强者才能创造宗教来扶助弱者，替他们提高生的情绪，加强生的意志。就个人看，似乎弱者更需要宗教，但就社会看，强者领着较弱的同类，有组织的向着一个完整而绝对的生命追求，不正表现那社会的健康吗？宗教本身尽有数不完的缺憾与流弊，产生宗教的动机无疑是健康的。有人说西洋人的爱国思想和恋爱哲学，甚至他们的科学精神，都是他们宗教的产物，他们把国家，爱人和科学的真理都"神化"了，这话并不过分。至少我们可以说，产生他们那宗教的动力，也就是产生那爱国思想，恋爱哲学和科学精神的动力。不是对付的，将就的，马马虎虎的，在饥饿与死亡的边缘上弥留着的活着，而是完整的，绝对的活着，热烈的活着——不是彼此都让步点的委曲求全，所谓"中庸之道"式的，实在是一种虚伪的活，而是一种不折不扣的，不是你死我活，便是我死你活的彻底的，认真的活——是一种失败在今生，成功在来世的永不认输，永不屈服的精神。这便是西洋人的性格。这性格在他们的宗教中表现得最明显，因此也在清教徒的美国人身上表现得最明显。

  人生如果仅是吃饭睡觉，寒暄应酬，或囤积居奇，营私舞弊，那许用不着宗教。但人生也有些严重关头，小的严重关头叫你感着不舒服，大的简直要你的命，这些时候来到，你往往感着没有能力应付它，其实还是有能力应付，因为人人都有一副不可思议的潜能；问题只在用一套什么手法把它动员起来。一挺胸，一咬牙，一转念头，潜能起来了，你便能排山倒海，使一切不可能的变为可能了。那不是技术，而是一种魔术。那便是宗教。中国人的办法，似乎是防范严重关头，使它不要发生，借以省却自己应付的麻烦。这在事实上是否可能，姑且不管，即使可能，在西洋人看来，多么泄气，多么没出息！他们甚至没有严重关头，还要设法制造它，为的是好从那应付的挣扎中得到乐趣。没事自己放火给自己扑灭，为的是救火的紧张太有趣了，如果救火不熄，自己反被烧死，那殉道者的光荣更是人生无上的满足！你说荒谬绝伦，简直是疯子！对了，你就是不会发疯，你生活里就缺少那点疯，所以你平庸，懦弱。人家在天上飞时，你在粪坑里爬！

中西风格的比较？你拿什么跟人家比？你配？尽管有你那一套美丽的名词，还是掩不住那渺小，平庸，怯懦，虚伪，掩不住你的小算盘，你的偷偷摸摸，自私自利，和一切的丑态你的孝悌忠信，礼义廉耻，和你古圣先贤的什么哲学只令人作呕，我都看透了！你没有灵魂，没有上帝的国度，你是没有国家观念的一盘散沙，一群不知什么是爱的天阉（因此也不知什么是恨），你没有同情，也没有真理观念。然而你有一点鬼聪明，你的繁殖力很大。因为聪明所以会鼠窃狗偷——营私舞弊，囤积居奇。因为繁殖力大，所以让你的同类成千成万的裹在清一色的破棉袄里，排成番号，吸完了他们的血，让他们饿死，病死……这是你的风格，你的仁义道德！你拿什么和人家比！

没有宗教的形式不要紧。只要有产生宗教的那股永不屈服，永远向上追求的精神，换言之，就是那铁的生命意志，有了这个，任凭你向宗教以外任何方向发展都好，怕的是你这点意志，早被瘪死了，因此除了你那庸俗主义的儒家哲学以外，不但宗教没有，旁的东西也没有。更可怕的是宗教到你手里，也变成了庸俗，虚伪，和鼠窃狗偷的工具。怕的是你只存在，而没有生活，因为你的生命的前提是败北主义，和你那典型的口号"没有办法！"于是你只好嘲笑，说俏皮话。是啊，你有聪明，有繁殖力，所以你可以存在，（耗子苍蝇不也存在吗？）但你没有生活，因为我看透了你，你打头就承认了死是事实，那证明了你是怕死的。惟其怕死，所以你也怕生，你这没出息的"四万万五千万"！

可怕的冷静

　　一个从灾荒里长成的民族，挨着一切的苦难，总像挨着天灾一样，以麻木的坚忍承受打击，没有招架，没有愤怒，甚至没有呻吟，像冬眠的蛰虫一般，只在半死状态中静候着第二个春天的来临，——这样便是今天的中国，快挨过了第七个年头的国难，它还准备再挨下去，直到那一天，大概一觉醒来，自然会发现胜利就在眼前。客观上，战争与饥饿本也久已打成一片了，因此，愈是实质的战斗员，愈有挨饿的责任，不像人家最前线的人们吃得最好最饱，我们这里真正的饿莩恰恰就是真正的兵士。抗战与灾荒既已打成一片，抗战期中的现象，便更酷肖荒年的现象了。照例是灾情愈重，发财的愈多，结果贫穷的更加贫穷，富贵的更加富贵。照例是灾情严重了，呼吁的声音海外比国内更响，于是救济的主要责任落在外人身上，而国内人士，相形之下，便愈能显出他们那"不动心"的沉着而雍容的风度了。现在一切荒年的社会现象在抗战中又重演一次，不过规模更大，严重性更深刻些罢了。但是说来奇怪，分明是痼疾愈深，危机愈大，社会表层偏要装出一副太平景象的面孔。配合着冠冕堂皇的要人谈话和报纸社评的，是一般社会情绪——今天一个画展，明天一个堂会，"顾左右而言他"的副刊和小报一天天充斥起来，内容一天比一天软性化。从抗战开始以来，没有见过今天这样"众人熙熙，如享太牢，如登春台"的景象，这不知道是肺结核患者脸上的红晕呢，还是将死前的回光返照！

　　一部分人为着旁人的剥削，在饥饿中畜生似的沉默着，另一部分人却在舒适中兴高采烈的粉饰着太平，这现象是叫人不能不寒心的，如果他还有一点同情心与正义感的话。然而不知道是为了谁的体面，你还不能声张。最可虑的是不通世故而血气方刚的青年，面对这种事实，又将作何感想？对了，怕动摇抗战，但饥饿能抗战吗？粉饰饥饿就是抗战吗？如果抗战是天经地义，不要忘记当年的青年，便是撑持这天经地义最有力的支柱，可见青年盲目而又不盲目，在平时他不免盲目，在非常时期他却永远是不盲目的。原来非常时期所需要的往往不是审慎，而是勇气，而在这上面，青年是比任何人都强的。正如当年激起抗战怒潮的是青年，今天将要完成抗战大业的力量，也正是这蕴藏在青年心灵中的烦躁。这不是浮动，而是活力的脉搏。民族必须生存，抗战必须胜利，在这最高原则之下，任何平时的规范都是可以暂时搁置的枝节。火烧上了眉毛，就得抢救。这是一个非常时期！

如果老年人中年人能负起责任，那自然更好，但事实上，战争先天的是青年人的工作（它需要青年的体质和青年的热情），所以如果老年人中年人肯负起责任，也只是参加青年的工作，或与青年分工合作，而不是代替青年的工作。战争既先天的是青年的工作，那么战时的国家就得以青年的意志为意志，虽则在战争的技术上，老年人中年人的智慧也是不可少的。

从抗战开始到今天，我们遭遇过两个关键，当初要不要抗战，是第一个关键，今天要不要胜利，是第二个关键，而第一个关键本来早已决定了第二个，因为既打算抗战，当然要胜利。但事实上目前的一切分明是朝着与胜利相反的方向发展，所以可怪的，是一部分人虽然看出方向的错误，却还要力持冷静，或从一些烦琐的立场，认为不便声张，不必声张。眼看青年完成抗战，争取胜利的意志必须贯彻，然而没有老年人中年人的智慧予以调节与指导，青年的力量不免浪费。万一还有人固执起来，利用他们的地位与力量，阻止了青年意志的贯彻，那结果便更不堪设想了。时机太危急了，这不是冷静的时候，希望老年人中年人的步调能与青年齐一，早点促成胜利的来临！大众的坚忍的沉默是可原谅的，因为他们是灾荒中生长的，而灾荒养成了他们的麻木，有着粉饰太平的职责的人们是可原谅的，因为他们也有理由麻木。可是负有领导青年责任的人们，如果过度的冷静，也是可怕的，当这不宜冷静的时候！

愈战愈强

回忆抗战初期，大家似乎不大讲到"胜利"，那时的心理与其说是胜败置之度外，还不如说是一心想着虽败犹荣。敌人是以"必定胜"的把握向我们侵略，我们是以"不怕败"的决心给他们抵抗。你无非是要我败，我偏偏不怕败，我不怕败，你便没有胜。那时人民的口号是"豁出去了！""跟你拼了！"政府的策略是"破釜沉舟"，是"置之死地而后生"，人民和政府都不怕败，自然大家也不讳败，结果是我们愈败愈奋勇，而敌人是真把我们没办法。

武汉撤退以后，渐渐听到"争取胜利"的呼声，然而也就透露了怕败的顾虑了。

开罗会议以后，胜利俨然已经到了手似的，而一般现象，则正好表示着一些人的工作，是在"争取失败"。事实昭彰，凡是有眼睛的都看到了，有良心的都指出了，这里无需我再说，我也不忍再说，于是愈是趋向失败，愈是讳言失败，自己讳言失败，同时也禁止旁人言失败。是否表面上"失败"绝迹了，暗地里便愈好制造失败呢？抗战到了这地步，大概也是一种"置之死地而后生"的办法罢？好了，那我以老百姓的资格，也就"豁出去了！""跟你拼了！"

所以我今天想要算帐！

算帐是一件麻烦事，但不要紧，大的做大的算，小的做小的算，反正从今以后，我不打算有清闲日子了！

比如眼前在我们昆明，就有一笔不大不小的帐值得算一算。

昨天早起出门找报看，第一家报纸给了我一个喜讯，它老老实实地告诉我，衡阳的仗咱们打好了一点，我当然很高兴。但是看到第二家报纸，却把我气昏了，就因为那标题中"我军愈战愈强"六个大字。

编辑先生！我是有名有姓的，我虽不知道你姓名，但你也必然有名有姓，你若是好汉，就请出来跟我算清这笔帐！你所谓"愈战愈强"者，如果就是今天另一家报纸标题所谓"愈战愈奋"的意思，那我就原谅你，我可怜你中国人不大会处理中国文字。如果你那"强"字是甚么"四强之一"那类"强"的意思，那我就要控告你两大罪状：一、你侮辱了我们老百姓的人格。二、你出卖了你的祖国。

难道你就忘记了，卢沟桥的烽火一起，我们挺身应战，是为了我们有十二万分胜算的把握吗？老实告诉你，除了存心利用抗战来趁火打劫的败类之外，我们老百姓果真是怕败的话，就早已都投汪精卫去了。我相信在自由中国，每一个良善的中国人，当初既是抱了拼命的决心，胜也要打，败也要打，今天还是抱定这决心，胜也要打，败也要打，何况国际的客观环境已经好转，谁又是那样的傻子，情愿让它"功亏一篑"呢？所以你如果多多给我们报导些自身的缺点，那只会增加我们的戒惧心，刺激我们的努力。你以为我们真是那样"闻败则馁"的草包吗？你若那样想，便把我们看同汪精卫之流了，你晓得那是侮辱别人的人格吗？

闻败则馁的必也闻胜则骄，你既把我们当作闻败则馁的人，那你泄露了（杜撰罢？）许多乐观的消息，难道又不怕我们骄起来吗？明知骄是抗战的鸩毒，而偏要用"愈战愈强"来灌溉我们的骄，那你又是何居心？依据你自己的逻辑，你这就是汉奸行为，因此你是出卖了你的祖国，你又晓得吗？

我们倒不怕承认自身的"弱"，愈知道自身弱在那里，愈好在各人自己的岗位上来尽力加强它。你说我们"愈强"，我倒要请你拿出事实来，好教我们更放心点。谁不愿意自己强呢！但信口开河是不负责任，存心欺骗更是无耻。六个字的标题，看来事小，它的意义却很重大。

用这字面的，本不只你一人，但是，先生，恕我这回抓住你了！你气得我一顿饭没吃好啊！然而如果在原则上你是受了谁的指示，那个指示你的人不也该是有名有姓的吗？如果他高兴，就请他出来说明也好。抗战是大家的抗战，国家是大家的国家，谁有权利来禁我发问！

关于儒·道·土匪

医生临症，常常有个观望期间，不到病势相当沉重，病象充分发作时，正式与有效的诊断似乎是不可能的。而且，在病人方面，往往愈是痼疾，愈要讳疾忌医，因此恐怕非等到病势沉重，病象发作，使他讳无可讳，忌无可忌时，他也不肯接受诊断。

事到如今，我想即便是最冥顽的讳疾忌医派，如钱穆教授之流，也不能不承认中国是生着病，而且病势的严重，病象的昭著，也许赛过了任何历史记录。惟其如此，为医生们下诊断，今天才是最成熟的时机。

向来是"旁观者清"，无怪乎这回最卓越的断案来自一位英国人。这是韦尔斯先生观察所得：

> 在大部分中国人的灵魂里。斗争着一个儒家，一个道家，一个土匪。（《人类的命运》）

为了他的诊断的正确性，我们不但钦佩这位将近八十高龄的医生，而且感激他，感谢他给我们查出了病源，也给我们至少保证了半个得救的希望，因为有了正确的诊断，才谈得到适当的治疗。

但我们对韦尔斯先生的拥护，不是完全没有保留的，我认为假如将"儒家，道家，土匪"，改为"儒家，道家，墨家"，或"偷儿，骗子，土匪"，这不但没有损害韦氏的原意，而且也许加强了它，因为这样说话，可以使那些比韦氏更熟悉中国历史和文化的人，感着更顺理成章点，因此也更乐于接受点。

先讲偷儿和土匪，这两种人作风的不同，只在前者是巧取，后者是豪夺罢了。"巧取豪夺"这成语，不正好用韩非的名言"儒以文乱法，侠以武犯禁"来说明吗？而所谓侠者不又是堕落了的墨家吗？至于以"骗子"代表道家，起初我颇怀疑那徽号的适当性，但终于还是用了它。"无为而无不为"也就等于说：无所不取，无所不夺，而看去又像是一无所取，一无所夺，这不是骗子是什么？偷儿，骗子，土匪是代表三种不同行为的人物，儒家，道家，墨家是代表三种不同的行为理论的人物，尽管行为产生了理论，理论又产生了行为，如同鸡生蛋，蛋生鸡一样，但你既不能说鸡就是蛋，你也就不能将理论与行为混为一谈。所以韦尔斯先生叫儒家，道家和土匪站作一排，究竟是犯了混淆范畴的逻辑错误。这一点表过以后，韦尔斯先生的观察，在基本意义上，仍不失为真知灼见。

　　就历史发展的次序说，是儒，墨，道。要明白儒墨道之所以成为中国文化的病，我们得从三派思想如何产生讲起。

　　由于封建社会是人类物质文明成熟到某种阶段的结果，而它自身又确乎能维持相当安定的秩序，我们的文化便靠那种安定而得到迅速的进步，而思想也便开始产生了。但封建社会的组织本是家庭的扩大，而封建社会的秩序是那家庭中父权式的以上临下的强制性的秩序，它的基本原则至多也只是强权第一，公理第二。当然秩序是生活必要的条件，即便是强权的秩序，也比没有秩序好。尤其对于把握强权，制定秩序的上层阶级，那种秩序更是绝对的可宝。儒家思想便是以上层阶级的立场所给予那种秩序的理论的根据。然而父权下的强制性的秩序，毕竟有几分不自然，不自然的便不免虚伪，虚伪的秩序终久必会露出破绽来，墨家有见于此，想以慈母精神代替严父精神来维持秩序，无奈秩序已经动摇后，严父若不能维持，慈母更不能维持。儿子大了，父亲管不了，母亲更管不了，所以墨家之归于失败，是势所必然的。

　　墨家失败了，一气愤，自由行动起来，产生所谓游侠了，于是秩序便愈加解体了。秩序解体以后，有的分子根本怀疑家庭存在的必要，甚至咒诅家庭组织的本身，于是独自逃掉了，这种分子便是道家。

一个家庭的黄金时代，是在夫妇结婚不久以后，有了数目不太多的子女，而子女又都在未成年的期间。这时父亲如果能干保持着相当丰裕的收入，家中当然充满一片天伦之乐，即令不然，儿女人数不多，只要分配得平均，也还可以过来相当快乐，万一分配不太平均，反正儿女还小，也不至闹出大乱子来。但事实是一个庞大的家庭，儿女太多，又都成年了，利害互相冲突，加之分配本来就不平均，父亲年老力衰，甚至已经死了，家务由不很持平的大哥主持，其结果不会好，是可想而知了。儒家劝大哥一面用父亲在天之灵的大帽子实行高压政策，一面叫大家以黄金时代的回忆来策励各人的良心，说是那样，当年的秩序和秩序中的天伦之乐，自然会恢复。他不晓得当年的秩序，本就是一个暂时的假秩序，当时的相安无事，是沾了当时那特殊情形的光，于今情形变了，自然会露出马脚来。墨家的母性的慈爱精神不足以解决问题，原因也只在儿女大了，实际的利害冲突，不能专凭感情来解决，这一层前面已经提到。在这一点上，墨家犯的错误，和儒家一样，不过墨家确乎感觉到了那秩序中分配不平均的基本症结，这一点就是他后来走向自由行动的路的心理基础。墨家本意是要实现一个以平均为原则的秩序，结果走向自由行动的路，是破坏秩序。只看见破坏旧秩序，而没有看见建设新秩序的具体办法，这是人们所痛恶的，因为，正如前面所说的，秩序是生活的必要条件。尤其是中国人的心理，即令不公平的秩序，也比完全没有秩序强。

这里我们看出了墨家之所以失败，正是儒家之所以成功。至于道家因根本否认秩序而逃掉，这对于儒家，倒因为减少了一个掣肘的而更觉方便，所以道家的遁世实际是帮助了儒家的成功。因为道家消极的帮了儒家的忙，所以，儒家之反对道家，只是口头的，表面的，不像他对于墨家那样的真心的深恶痛绝。因为儒家的得势，和他对于墨道两家态度的不同，所以在上层阶级的士大夫中，道家还能存在，而墨家却绝对不能存在。墨家不能存在于士大夫中，便一变为游侠，再变为土匪，愈沉愈下了。

捣乱分子墨家被打下去了，上面只剩了儒与道，他们本来不是绝对不相容的，现在更可以合作了。合作的方案很简单。这里恕我曲解一句古书，《易经》说"肥遁，无不利"，我们不妨读肥为本字，而把"肥遁"解为肥了之后再遁，那便是说一个儒家做了几任"官"，捞得肥肥的，然后撒开腿就跑，跑到一所别墅或山庄里，变成一个什么居士，便是道家了。——这当然是对己最有利的办法了。甚至还用不着什么实际的"遁"，只要心理上念头一转，就身在宦海中也还是遁，所谓"身在魏阙，心在江湖"和"大隐隐朝市"者，是儒道合作中更高一层的境界。在这种合作中，权利来了，他以儒的名分来承受，义务来了，他又以道的资格说，本来我是什么也不管的，儒道交融的妙用，真不是笔墨所能形容的。在这种情形之下，称他们为偷儿和骗子，能算冤曲吗？

"成者为王，败者为寇"，"窃钩者诛，窃国者侯"这些古语中所谓王侯如果也包括了"不事王侯，高尚其事"的道家，便更能代表中国的文化精神。事实上成语中没有骂到道家，正表示道家手段的高妙。讲起穷凶极恶的程度来，土匪不如偷儿，偷儿不如骗子，那便是说墨不如儒，儒不如道。韦尔斯先生列举三者时，不称墨而称土匪，也许因为外国人到中国来，喜欢在穷乡僻壤跑，吃土匪的亏的机会特别多，所以对他们特别深恶痛绝。在中国人看来，三者之中，其实土匪最老实，所以也最好防备。从历史上看来，土匪的前身墨家，动机也最光明。如今不但在国内，偷儿骗子在儒道的旗帜下，天天剿匪，连国外的人士也随声附和的口诛笔伐，这实在欠公允，但我知道这不是韦尔斯先生的本意，因为我知道在他们本国，韦尔斯先生的同情一向是属于那一种人的。

话说回来，土匪究竟是中国文化的病，正如偷儿骗子也是中国文化的病。我们甚至应当感谢韦尔斯先生在下诊断时，没有忘记土匪以外的那两种病源——儒家和道家。韦尔斯先生用《春秋》的书法，将儒道和土匪并称，这是他的许多伟大贡献中的又一个贡献。

散文

一个白日梦

  林荫路旁侍立着一排像是没有尽头的漂亮的黄墙，墙上自然不缺少我们这"文字国"最典型的方块字的装饰，只因马车跑得太快，来不及念它，心想反正不是机关，便是学校，要不就是营房。忽然两座约莫二丈来高，影壁不像影壁，华表不像华表，极尽丑恶之能事的木质构造物闯入了视野，像黑夜里冷不防跳出一声充满杀气的"口令！"那东西可把人吓一跳！那威风凛凛的稻草人式的构造物，和它上面更威风的蓝地白书的八个擘窠大字：

  顶天立地

  继往开来

  也不知道是出自谁人的手笔，或那部"经典"，对子倒对得顶稳的。可是当时我并没有想到那些，我只觉得一阵头昏眼花，不是吓唬的，（稻草人可吓得倒人？）我的头昏眼花恰恰是像被某种气味薰得作呕时的那一种。我问我自己，这究竟是一种什么气味？怎么那样冲人？

  我想起十字牌的政治商标，我明白了。不错，八个字的目的如果在推销一个个人的成功秘诀，那除了希特勒型的神经病患者，谁当得起？如果是标榜一个国家的立国精神，除了纳粹德国一类的世界里，又那儿去找这样的梦？想不出我们黄炎子孙也变得这样伟大！果然如此，区区个人当然也"与有荣焉"，——我的耳根发热了。

  个人主义和由它放大的本位主义的肥皂水，居然吹起了这样大而美丽的泡，看，它不但囊括了全部的空间"顶天立地"，还垄断了整个的时间"继往开来"！怕只怕一得意，吹得太使劲儿，泡炸了，到那时原形毕露，也不过么小小一滴水而已。我真为它——也为我自己——捏一把汗。

个人之于社会等于身体的细胞，要一个人身体健全，不用说必需每个细胞都健全。但如果某个细胞太喜欢发达，以至超过它本分的限度而形成瘿瘤之类，那便是病了。健全的个人是必需的，个人发达到排他性的个人主义却万万要不得。如今个人主义还不只是瘿瘤，它简直是因毒菌败坏了一部分细胞而引起的一种恶性发炎的痈疽，浮肿的肌肉开着碗口大的花，那何尝不也是花花绿绿的绚烂的色彩，其实只是一堆臭脓烂肉。唉！气味便是从那里发出的吧！

从排他性的个人主义到排他性的民族主义，是必然的发展。我是英雄，当然我的族类全是英雄。炎性是会得蔓延的，这不必细说。

极端的个人主义者必然也是个唯心主义者。心灵是个人行为的发号施令者，夸大了个人，便夸大了心灵。也许我只是历史上又一个环境的幸运儿，但我总以为我的成功，完全由于自己的意志或精神力量，只因为除了我个人，我什么也没看见。我只知道向自己身上去发现成功的因素，追得愈深，想得愈玄，于是便不能不堕入唯心论的迷魂阵中。

一切环境因素，一切有利的物质条件，一切收入的账簿都被转到支出项下了，我惊讶于自身无尽的财富，而又找不出它的来源，我的结论只好是"天生德于予"了。于是我不但是英雄，而且是圣人了！

由不曾失败的英雄，一变而为不曾错误的圣人，我便与"真理"同体化了，因而"我"与"人"就变成"是"与"非"的同义语了。从此一切暴行只要是出于我的，便是美德，因为"我"就是"是"。到这时，可怜的个人主义便交了恶运，环境渐渐于我不利，我于是猜忌，疯狂，甚至迷信，我的个人主义终于到了恶性发炎的阶段，我的结局……天知道是什么！

什么是儒家
——中国士大夫研究之一

"无论在任何国家,"伊里奇在他的《国家论》里说,"数千年间全人类社会的发展,把这发展的一般的合法则性,规则性,继起性,这样的指示给我们了:即是,最初是无阶级社会——贵族不存在的太古的,家长制的,原始的社会;其次是以奴隶制为基础的社会,奴隶占有者的社会。……奴隶占有者和奴隶是最初的阶级分裂。前一集团不仅占有生产手段——土地,工具(虽然工具在那时是幼稚的),而且还占有了人类。这一集团称为奴隶占有者,而提供劳动于他人的那些劳苦的人们便称为奴隶。"中国社会自文明初发出曙光,即约当商盘庚时起,便进入了奴隶制度的阶段,这个制度渐次发展,在西周达到它的全盛期,到春秋中叶便成强弩之末了,所以我们可以概括的说,从盘庚到孔子,是我们历史上的奴隶社会期。但就在孔子面前,历史已经在剧烈的变革着,转向到另一个时代,孔子一派人大声急呼,企图阻止这一变革,然而无效。历史仍旧进行着,直到秦汉统一,变革的过程完毕了,这才需要暂时休息一下。趁着这个当儿,孔子的后学们,以董仲舒为代表,便将孔子的理想,略加修正,居然给实现了。在长时期变革过程的疲惫后,这是一帖理想的安眠药,因为这安眠药的魔力,中国社会便一觉睡了两千年,直到孙中山先生才醒转一次。孔子的理想既是恢复奴隶社会的秩序,而董仲舒是将这理想略加修正后,正式实现了,那么,中国社会,从董仲舒到中山先生这段悠长的期间,便无妨称为一个变相的奴隶社会。

董仲舒的安眠药何以有这大的魔力呢?要回答这问题,还得从头说起。相传殷周的兴亡是仁暴之差的结果,这所谓仁与暴分明代表着两种不同的奴隶管理政策。大概殷人对于奴隶榨取过渡，以至奴隶们"离心离德"而造成"前途倒戈"的后果，反之，周人的榨取比较温和，所以能一方面赢得自己奴隶的"同心同德"，一方面又能给太公以施行"阴谋"的机会，教对方的奴隶叛变他们自己的主人。仁与暴是漂亮的名词，实际只是管理奴隶的方法有的高明点，有的笨点罢了。周人还有个高明的地方，那便是让胜国的贵族管理胜国的奴隶。《左传》定四年说"周公相王室，分鲁公以……殷民六族……使帅其宗氏，辑其分族，将其类丑，……使之职事于鲁，……分之土田陪敦（附庸，即仆庸），祝宗卜史，备物典策，官司彝器。……分康叔以……殷民七族。……"这些殷民六族与七族便是胜国投降的贵族，那些"备物典策，官司彝器"的"祝宗卜史"便是后来所谓"儒士"——寄食于贵族的智识分子。让贵族和智识分子分掌政教，共同管理自己的奴隶（附庸），这对奴隶们和奴隶占有者（周人）双方都有利的，因为以居间的方式他们可以缓和主奴间的矛盾，他们实在做了当时社会机构中的一种缓冲阶层。后来胜国贵族们渐趋没落，而儒士们因有特殊智识和技能，日渐发展成一种宗教文化的行帮企业，兼理着下级行政干部的事务，于是缓冲阶层便为儒士们所独占了（当然也有一部分没落的胜国贵族，改业为儒，加入行帮的）。

　　明白了这种历史背景，我们就可以明白儒家的中心思想。因为儒家是一个居于矛盾的两极之间的缓冲阶层的后备军，所以他们最忌矛盾的统一，矛盾统一了，没有主奴之分，便没有缓冲阶层存在的余地。他们也不能偏袒某一方面，偏袒了一方，使一方太强，有压倒对方的能力，缓冲者也无事可做。所谓"君子和而不同"，便是要使上下在势均力敌的局面中和平相处，而切忌"同"于某一方面，以致动摇均势，因为动摇了均势，便动摇自己的地位啊！儒家之所以不能不讲中庸之道，正因他是站在中间的一种人。中庸之道，对上说，爱惜奴隶，便是爱惜自己的生产工具，也便是爱惜自己，所以是有利的；对下说，反正奴隶是做定了，苦也就吃定了，只要能吃少点苦就是幸福，所以也是有利的。然而中庸之道，最有利的，恐怕还是那站在中间，两边玩弄，两边镇压，两边劝谕，做人又做鬼的人吧！孔子之所以宪章文武，尤其梦想周公，无非是初期统治阶级的奴隶管理政策，符合了缓冲阶层的利益，所谓道统者，还是有其社会经济意义的。

可是切莫误会，中庸决不是公平。公平是从是非观点出发的，而中庸只是在利害上打算盘。主奴之间还讲什么是非呢？如果是要追究是非，势必牵涉到奴隶制度的本身，如果这制度本身发生了问题，那里还有什么缓冲阶层呢？显然的，是非问题是和儒家的社会地位根本相抵触的。他只能一面主张"成事不说，遂事不谏，既往不咎"，一面用正名（君君臣臣，父父子子）的理论，维持现有的秩序（既成事实），然后再苦口婆心的劝两面息事宁人，马马虎虎，得过且过。我疑心"中庸"之庸字也就是"附庸"之庸字，换言之，"中庸"便是中层或中间之佣。自身既也是一种佣役（奴隶），天下那有奴隶支配主人的道理，所以缓冲阶层的真正任务，也不过是恳求主子刀下留情，劝令奴才忍重负辱，"执中无权，犹执一也"，天秤上的码子老是向重的一头移动着，其结果，"中庸"恰恰是"不中庸"。可不是吗？"爵禄可辞也，白刃可蹈也，中庸不可能也！"果然你辞了爵禄，蹈了白刃，那于主人更方便（因为把劝架的人解决了，奴才失去了掩蔽，主人可以更自由的下毒手），何况爵禄并不容易辞，白刃更不容易蹈呢？实际上缓冲阶层还是做了帮凶，"季氏富于周公，而求也为之聚敛而附益之，"冉求的作风实在是缓冲阶层的唯一出路。孔子喝令"小子鸣鼓而攻之"！是冤枉了冉求，因为孔子自己也是"三月无君则皇皇如也"的，冉求又怎能饿着肚子不吃饭呢？

但是，有了一个建筑在奴隶生产关系上的社会，季氏便必然要富于周公，冉求也必然要为之聚敛，这是历史发展的一定的法则。这法则的意义是什么呢？恰恰是奴隶社会的发展促成了奴隶社会的崩溃。缓冲阶层既依存于奴隶社会，那么冉求之辈的替主人聚敛，也就等于替缓冲阶层自掘坟墓。所以毕竟是孔子有远见，"留得青山在，不怕没柴烧"，冉求是自己给自己毁坏青山啊！然而即令是孔子的远见也没有挽回历史。这是命运的作剧吧？做了缓冲阶层，其势不能不帮助上头聚敛，不聚敛，阶层的地位便无法保持，但是聚敛得来使整个奴隶社会的机构都要垮台，还谈得到什么缓冲阶层呢？所以孔子的呼吁如果有效，青山不过是晚坏一天，自己便多烧一天的柴。如果无效，青山便坏得更早点，自己烧柴的日子也就更有限了，孔子的见地远是远点，但比起冉求，也不过是"以五十步笑百步"而已。结果，历史大概是沿着冉求的路线走的，连比较远见的路线都不曾蒙它采纳，于是春秋便以高速度的发展转入了战国，儒家的理想，非等到董仲舒是不能死灰复燃的。

话又说回来了，儒家思想虽然必需等到另一时代，客观条件成熟，才能复活，但它本身也得有其可能复活的主观条件，才能真正复活，否则便有千百个董仲舒，恐怕也是枉然。儒家思想，正如上文所说，是奴隶社会的产物，而它本身又是拥护奴隶社会的。我们都知道，奴隶社会是历史必须通过的阶段，它本身是社会进步的果，也是促使社会进步的因。既然必须通过，当然最好是能过得平稳点，舒服点。文武周公所安排的，孔子所表章的奴隶社会，因为有了那缓和的榨取政策，和为执行这政策而设的缓冲阶层，它确乎是一比较舒服的社会，因为舒服，所以自从董仲舒把它恢复了，二千年的历史便在它的怀抱中睡着了。

诚然，董仲舒的儒家不是孔子的儒家，而董仲舒以后的儒家也不是董仲舒的儒家，但其为儒家则一，换言之，他们的中心思想是一贯的。二千年来士大夫没有不读儒家经典的，在思想上，他们多多少少都是儒家，因此，我们了解了儒家，便了解了中国士大夫的意识观念。如上文所说，儒家思想是奴隶社会的产物，然则中国士大夫的意识观念是什么，也就值得深长思之了！

五四运动的历史法则

大家都知道，近百年来，中国社会是处于一种半封建性半殖民地性的状态中。封建的主人地主官僚与殖民国的主人帝国主义，这两个势力之能够同时并存于我们这里，已经说明了它们之间的一种奇异的关系，一种相反而又相成，相克而又相生的矛盾关系。在剥削人民的共同目的上，它们利害相同，所以能够互相结合，互相维护。同时分赃不匀又使它们利害冲突而不能不互相龃龉。然而它们却不能决裂。因为，它们知道，假如帝国主义独占了中国，任凭它的武器如何锋利，民族的仇恨会梗塞着它的喉头，使它不能下咽，假如封建势力垄断了中国，那又只有加深它自己的崩溃，以致在人民革命势力之前，加速它自己的灭亡。总之，被压迫被榨取的，究竟是"人"，而人是有反抗性的，反抗而团结起来，便是力量，不是民族的力量，便是民主的力量，这些对于帝国主义或封建势力，都是很讨厌的东西。于是他们想好分工合作，让地主官僚出面执行榨取的任务，以缓和民族仇恨。（这是帝国主义借刀杀人！）让帝国主义一手把着枪炮，一手提着钱袋，站在背后保镖，以软化民主势力。（这是地主官僚狗仗人势！）它们是聪明的，因为，虽然它们的欲壑都有着垄断性与排他性，它们却都愿意极力克制这些，彼此互相包容，互相照顾，互相妥协，而相安于一种近乎均势的状态中。果然，愈是这样，它们的寿命愈长，那就是说，惟其是半封建半殖民地，中国人民的解放才愈难实现。

可是，帝国主义和封建势力的寿命偏是不能长，而中国人民毕竟非解放不可！基于资本主义国家间内在的矛盾，帝国主义对中国的威力大大的受了制约，矛盾尖锐化到某种程度，使它们自相火并起来，帝国主义就得暂时退出中国。帝国主义退出了中国，人民的对手便由两个变成一个，这便好办了！只要能让人民和封建势力以一比一的力量来决斗，最后胜利定属于人民。我说最后胜利，因为一上来，封建势力凭了它那优势的据点和优势的武器，确乎来势汹汹，几乎有全盘胜利的把握。但它究竟是过了时的乏货，内部的腐化将逼得它最后必需将据点放弃，武器交出，而归于失败。五四运动及其前前后后，便是这个历史事实的具体说明。

一九一四年以前，活动于中国这个政治经济战场上的，是一种三角斗争，包括（一）各个字号的帝国主义，（二）以袁世凯为中心的封建残余势力，以及（三）代表人民力量的市民层民主革命的两股潜伏势力：（甲）国民党政治集团，（乙）北京大学文化集团。那时三个力量中，帝国主义势焰最大，封建势力仅次于帝国主义，政治上代表人民愿望的国民党，几乎是在苟延残喘的状态中保持着一线生机，至于作为后来文化革命据点的北京大学，在政治意义上，更是无足轻重。但等一九一四年，欧洲诸帝国主义国家内在的矛盾，尖锐化到不能不爆发为第一次世界大战，中国的情形便大变了。欧洲列强，不论是协约国或同盟国，为着忙于上前线进攻，或在后方防守，忽然都退出了中国。欧洲帝国主义退出了，中国社会的本质，便立时由半封建半殖民地，变为约当于百分之九十的封建，百分之十的殖民地（这百分之十的主人，不用说，就是日本）。于是袁世凯和他的集团忽然交了红运，可是袁世凯的红运实在短得可怜，而他的余孽，北洋军阀的红运也不太长。真正走红运的倒是人民，你不记得仅仅距袁氏称帝后四年，督军团解散国会和张勋复辟后二年，向封建势力突击的文化大进军，五四运动便出现了吗？从此中国土地上便不断的涌着波澜日益壮阔的民主怒潮，终于使国民革命军北伐成功，北洋军阀彻底崩溃。这时人民力量不但铲除了军阀，还给刚从欧洲抽身回来的帝国主义吃了不少眼前亏。请注意：帝国主义突然退出，封建势力马上抬头，跟着人民的力量就将它一把抓住，经过一番苦斗,终于将它打倒——这一历史公式,特别在今天,是值得我们深深玩味的!

谁说历史不会重演?虽然在细节上,今天的"五四"不同于二十六年前的"五四",可是在主要成分上,两个时代几乎完全是一样的。第二次世界大战爆发,欧洲帝国主义退出,于是中国半殖民地的色彩取消了,半封建便一变而为全封建,(请在复古空气和某种隆重礼物的进献中注意筹安会的鬼,还有这群鬼群后的袁世凯的鬼!)现在封建势力正在嚣张的时候,可是,人民也并没有闲着,代表人民愿望,发挥人民精神,唤醒人民力量的政治、文化种种集团也都不缺少,满天乌云,高耸的树梢上已在沙沙发响,近了,更近了,暴风雨已经来到,一场苦斗是不能避免的。至于最后的胜利,放心吧!有历史给你做保证。

历史重演,而又不完全重演。从二十六年前的"五四"到今天,恰是螺旋式的进展了一周。一切都进步了。今天帝国主义的退出,除了实际活动力量与机构的撤退,还有不平等条约的取消,中国人卖身契的撕毁。这回帝国主义的退出是正式的,至少在法律上,名义上是绝对的,中国第一次,坐上了"列强"的交椅。帝国主义进一步的撤退,是促使或放纵封建势力进一步的伸张的因素,所以随着帝国主义的进步,封建势力也进步了。战争本应使一个国家更加坚强,中国却愈战愈腐化,这是什么缘故?原来腐化便是封建势力的同义语,不是战争,而是封建余毒腐化了中国。今天政治,经济,社会,文化的腐化方面,比二十六年前更变本加厉,是公认的事实。时髦的招牌和近代化的技术,并不能掩饰这些事实。反之,都是加深腐化的有力工具,和保育毒菌的理想温度。然而封建势力的进步,必然带来人民力量的进步,这可分四方面讲。(一)西南大后方市民阶层的民主运动。这无论在认识上,组织上或进行方法上,比起五四时代都进步多了,详情此地不能讨论。(二)敌后的民主中国,这个民主的大本营,论成绩和实力,远非五四时代以来所能比拟,是人人都知道的。(三)封建势力内部的醒觉分子。这部分民主势力，现在还在潜伏期中，一旦爆发，它的作用必然很大。这是五四时代几乎完全没有过的一种势力，今天在昆明，它尤其被一般人所忽略。以上三种力量都是自觉的，另有一种不自觉的，但也许比前三者更强大的力量，那便是（四）大后方水深火热中的农民。虽然他们不懂什么是民主，但是谁逼得他们活不下去，他们是懂得的。五四时代，因帝国主义退出，中国民族工业得以暂时繁荣，一般说来，人民的生活是走上坡路的。今天的情形，不用说，和那时正相反。这情形是政治腐化的结果，而政治腐化的责任，正如上文所说，是不能推在抗战身上的。半个民主的中国不也在抗战吗？而且抗得更多，人民却不饿饭。（还不要忘记那本是中国最贫瘠的区域之一。）原来抗战在我们这大后方，是被人利用了，当作少数人吸血的工具利用了。黑幕已经开始揭露，血债早晚是要还清的，到那时，你自会认识这股力量是如何的强大。

帝国主义的进步，封建势力的进步，结果都只为人民的进步造了机会，为人民的胜利造了机会。不管道路如何曲折，最后胜利永远是属于人民的，二十六年前如此，今天也如此。在"五四"的镜子里，我们看出了历史的法则。

"五四"断想

旧的悠悠死去,新的悠悠生出,不慌不忙,一个跟一个,——这是演化。

新的已经来到,旧的还不肯去,新的急了,把旧的挤掉,——这是革命。

挤是发展受到阻碍时必然的现象,而新的必然是发展的,能发展的必然是新的,所以青年永远是革命的,革命永远是青年的。

新的日日壮健着(量的增长),旧的日日衰老着(量的减耗),壮健的挤着衰老的,没有挤不掉。所以革命永远是成功的。

革命成功了,新的变成旧的,又一批新的上来了。旧的停下来拦住去路,说:"我是赶过路程来的,我的血汗不能白流,我该歇下来舒服舒服。"新的说:"你的舒服就是我的痛苦,你耽误了我的路程",又把他挤掉,……如此,武戏接二连三的演下去,于是革命似乎永远"尚未成功"。

让曾经新过来的旧的,不要只珍惜自己的过去,多多体念别人的将来,自己腰酸腿痛,拖不动了,就赶紧让。"功成身退",不正是光荣吗?"后生可畏,焉知来者之不如今也!"这也是古训啊!

其实青年并非永远是革命的,"青年永远是革命的"这定理,只在"老年永远是不肯让路的"这前提下才能成立。

革命也不能永远"尚未成功"。几时旧的知趣了,到时就功成身退,不致阻碍了新的发展,革命便成功了。

旧的悠悠退去,新的悠悠上来,一个跟一个,不慌不忙,那天历史走上了演化的常轨,就不再需要变态的革命了。

但目前,我们还要用"挤"来争取"悠悠",用革命来争取演化。"悠悠"是目的,"挤"是达到目的的手段。

于是又想到变与乱的问题。变是悠悠的演化,乱是挤来挤去的革命。若要不乱挤,就只得悠悠的变。若是该变而不变,那只有挤得你变了。

子在川上曰:"逝者如斯夫,不舍昼夜!"古训也发挥了变的原理。

妇女解放问题

认清楚对象

争取妇女解放的对象该是整个社会而不是男性。一切问题都是这不合理的社会所产生，都该去找社会去算帐。但社会是看不见的，在这里只能用个人的想象来把它看成一个集体的东西——房屋。我们在这房屋中间生活了几千年，每人都被安放在一个角落上，有的被放得好，放得正，生活过得舒服，有的被放得不正，生活不舒服，就想法改良反抗，于是推推挤挤拿旁人来出气，其实，旁人也没有办法，也不能负责的，这是整个社会结构的问题，就像一座房屋，盖得既不好，年代又久了，住得不舒服，修修补补是没有用处的，就只有小心地把房屋拆下，再重新按照新的设计图样来建筑。对于社会而言，这种根本的办法，就是"革命"。革命并非毁灭，只是小心地把原料拆下来，重新照新计划改造。所以计划得很好的革命，并不是太大的事情。

奴隶制度产生的因素有二：一是种族，二是两性

现在的社会是不合理的，因为这社会里有阶级，阶级的产生由于奴隶制度。奴隶制度产生的因素有两个。一是种族，二是两性。在两个种族打仗的时候，甲族的人被乙族俘去了，作为生产工具，即是奴隶，原来平等的社会就开始分裂成主奴两个阶级。奴隶的数目愈来愈多的时候，这两个阶级的分别也愈为明显，倘没有另外的种族，那么一切不平等，阶级产生的可能性也可减少。其次，问到最初被俘的甲族人是男的

还是女的，回答说是女的。被俘来的不仅作奴隶，还可作妻子。因为在图腾社会中有一种很重要的制度叫"外婚制"，就是男子不能和他本族的女子结婚，一定得找外族的女子作配偶。在这制度下两族本可交换女子结婚，但因古代婚姻，不单是解决两性的问题，重要的还是经济的问题，大家都需要生产，劳动力，女子在未嫁前帮娘家作活，娘家当然不愿她出嫁而减少一个帮手，使自己受到损失，所以老把女儿留在家里。但另一边同样急切地需要她去生产孩子，在这争持的情形下，产生了抢婚的行为，她既是被抢来的生产工人，便怕她逃回去，或被娘家的人抢回，才用绳子捆起，成为这族的奴隶，所以谈到奴隶制度时，两性的因素不可缺少，甚至"奴隶制"是"外婚制"的发展呢！

女性・奴性和妓性

中国的古人造字，"女"字是"㜊"或"㚩"象征绳子把坐着的人捆住，而"女"字和"奴"字在古时不但声音一样，意义也相同，本来是一个字，只是有时多加一只手牵着"㜊"而已，那时候，未出嫁的女儿叫"子"，出嫁后才叫"女"或"奴"，所以妇女的命运从历史的开始起，就这么惨了。

现在的社会里，奴隶已逐渐解放了，最先被解放的奴隶是距主人最远的农业奴隶，主人住在城里，他们住在乡间。其次被解放的是贵族的工商职奴隶，主人住在内城，他们住在外城。再其次是在主人身边伺候主人的听差老妈子，而资格最老，历史最久的奴隶——妇女——却还没有得到解放，因为她们和她们的主子——丈夫——的距离太近，关系太密切了，而且生活过得也还可以，不觉得要解放。

从历史上看中国的女性，就是奴性的同义字，三从四德就是奴性的内容。再不客气地说一句，近代西洋女性的妓性比较起来也好不了多少，只是男女关系不固定些而已。奴则老是呆在家里，不准外出，而且固定屈于一个男子，妓则要自由得多，妓因有被迫去当的，但自动去当妓多少带点反抗性，所以近代西洋的妓性比中国的奴性要好一点，因为已解放了一纲，只是不彻底而已。

真女性应该从母性出发而不从妻性出发

彻底解放了的新女性应该是真女性。我们先设想在奴隶社会没开始时的那个没有阶级，没有主奴关系的社会，真女性就该以那社会中的天然的，本来的，真正的女性做标准。有人说女子总是女子，在生理上和男子不同，就进化来证明女子该进厨房，其实是不对的，根据人类学，在原始时的女性中心社会里的女子，长得和这时代的女子不同，胸部挺起，声量宽洪，性格刚强，而那时候的男子反因坐得久了，脂肪积储在下体，使臀部变大，同时又因须抚养儿女，性情温柔，声音细弱，所以除了女子能生育而产生母子关系而外，和男子并没有什么不同。真女性就应该从母性出发而不从妻性出发，（从妻性出发不成为奴即成妓。）母亲对待儿子总是慈爱的，愿为儿子操劳，忍耐，甚至勇敢地牺牲，从母性出发的真女性是刚强的，具备一切美德如：仁慈，忍耐，勇敢，坚强，就是雌性的动物在哺乳的时候，总是比雄的还来得凶，来得可怕，俗语中的"母大虫""雌老虎"，古书上称猎得乳虎的做英雄，都是这个意思。女子彻底解放以后，将来的文化要由女子来领导，一切都以妇女为表率，为模范，为中心。

我们不反对女子中看又中用，
但最要紧的还是中用

妇女的解放，并不是个人的努力所能成功的，必须从整个社会下手，拆下旧房屋，再按照新计划去盖造，使成为没有阶级，没有主奴关系的社会。历史照螺旋形发展，从当初开始有奴隶的社会到今天刚好绕了一圈，现在又要到没有奴隶的社会了，这并不是进化，不过这得有理想，有魄力才能改变到一个新社会。三千年来的历史全错了，要是有点地方对的，也是偶然碰上了而已。我的这种想法也许有点大胆，有点浪漫；但在有些地方——譬如苏联，已经试验成功了。台维斯的《出使莫斯科记》里说："美国的女子中看不中用，苏联的女子中用不中看。"苏联的女子就是从母性出发的真女性，是实际有用的，并不是供人看看的花瓶。当然我们不反对女子中看又中用，但最要紧的还是中用，倘以中看为标准而做去，充其量，只是表现出妓性。还有《延安一月》的作者告诉我们延安的妇女已不像女性，也就是说延安的妇女是真正的解放了，已不再是奴隶了。现在既有具体的，试验成功的榜样供大家学习，为什么还躲在这社会里呻吟而逃避呢？毕竟妇女解放问题被提出了，热烈地展开讨论了，表示妇女解放的条件已成熟，离真正解放的日子也不远了，一旦妇女真正解放，文化也就变成新的，文学艺术各部门都要以新姿态出现了！

谨防汉奸合法化

百年以来,中华民族的历史是一部不断的反帝国主义反封建的斗争史,八年抗战依然是这斗争的继续。由于帝国主义与封建势力永远是互相勾结,狼狈为奸的,所以两种斗争永远得双管齐下。虽则在一定的阶段中,形式上我们不能不在二者之中选出一个来作为主要的斗争的对象,但那并不是说,实质上我们可以放松其余那一个。而且斗争愈尖锐,他们二者团结得也愈紧,抓住了一个,其余一个就跑不掉,即令你要放走他,也不可能。这恰好就是目前的局势。对外民族抗战阶段中的敌伪,就是对内民主革命阶段中的帝(国主义)封(建势力),这是无须说明的,而目前的敌伪,早已在所谓"共荣圈"中,变成了一个浑一的共同体,更是鲜明的事实。现在日寇已经投降,惩治日寇战犯的办法,固然需待同盟国共同商讨,但惩治汉奸是我们自己的事,然而直到今天,我们还没有听见任何关于处理汉奸的办法。

当初我们那样迫切要求对日抗战,一半固然因为敌人欺我太甚,一半也是要逼着那些假中国人和抱着委屈勉强做中国人的中国人。索性都滚到他们主子那边去,让我们阵线上黑白分明,便于应战,并且到时候,也好给他们一网打尽。果然抗战爆发,一天一天,汉奸集团愈汇愈大,于是一年一年,一个伪组织又一个伪组织,一批伪军又一批伪军。但是那时我们并不着急,我们只有高兴,因为正如上面所说,这样在战术上是于我们绝对有利的。可是到了今天,八年浴血苦斗所争来的黑白,恐怕又要被搅成八年以前黑白不分的混沌状态了。这种现象是中国人民所不能忍受的。硬把汉奸合法化了,只是掩耳盗铃的笨拙的把戏,事实的真相,每个人民心头是雪亮的。并且按照逻辑的推论,人民也会想到：使汉奸合法化的，自己就是汉奸，而对于一切的汉奸，人民的决心是要一网打尽的。因此，我们又深信八年抗战既已使黑白分明，要再混淆它，已经是不可能的。谁要企图这样做，结果只是把自己混进"黑名单"里，自取灭亡之道！

演讲词

演　讲　词

论文艺的民主问题

　　　　　下面的意见，是根据闻先生座谈会后的补述记录下来的，
记录的文字，曾送给闻先生过目。

　　前天有两个外国朋友先后来看我，谈到中国民主问题。一位是美国朋友，他站在美国人的立场，希望中国有第三个力量起来，担负建立新中国的责任，我说第三个力量是有的，目前还在生长发展中。另一个是澳洲朋友，站在澳洲人的地位，比较倾向于英国方面，一方面骂美国人，一方面却更多地同情中国。他问中国究竟需要怎样的民主，他的意见，应该是社会主义的民主，他说英国目前正一天天地接近苏联，打算向着那个方向走去。他曾和邱吉尔谈话，邱氏也承认了这一点。邱氏的矛盾是印度问题；不过一般的英国人，认为邱氏适合于做战时的领袖，战后建设大概不大合适，他们希望以后对印度问题能有更开明的办法。这位澳洲记者问起我：中国的民主运动是否太温和了？战斗性是否还不够强烈？我说我是站在青年人一边的，和老辈人的看法不同；我个人看来，目前的民主运动的确战斗性不够，也许有些老辈人认为操之过切，反而不好。

　　这位澳洲记者也写小说的，和我一样，过去也曾学过画，因此他很关心中国文艺界的情形。他听说最近世界上最好的短篇小说是中国的；我问他从那里听来的，我说我们倒有些受宠若惊了。

　　外国朋友的确很想了解中国。譬如今天来看我的另一位美国朋友对我说，我来到中国，为的要看看活着的中国人民，他说现在在美国替中国说话的有三个人，一个是落了伍的胡适之；一个是国际文艺投机家林

语堂；一个是感伤的女人赛珍珠。他们的文章，都不能表现中国的真实。他说他每回读到林语堂的文章，描写中国农民在田里耕作时如何地愉快，以及中国的刺绣，磁器如何地高贵……他就很生气地把这位博士的著作撕毁了掷在墙角里去。我听到这里，感激地向他伸出手来，我说：你是我所遇到的少有的美国人！

座谈会上的报告和各位先生的发言，我大体上是同意的。谈到文艺家和民主运动的问题，有人说一个文艺家应该同时是一个中国人，这是对的；就现在的情形看来，恐怕做一个中国人比做一个文艺家更重要。因为现在是抢救的工作，不能太慢了。我甚至还怀疑，就是现在的作家，在写作以外，实际生活的政治程度是不是够高，恐怕还是问题。政治工作较文艺写作更难，正象在前线冲锋肉搏较之在后方的工厂中做苦工更难一样。更进一步地说，如无冲锋经验而描写前面冲锋故事，因体验的不真切，写出的也一定没有力量。——这是一个生活与写作的老问题。

没有民主运动的实践，一定创造不出民主主义的作品。假使在英美的社会，作家自己如果不做民主的战士，由于社会周围充满了民主的空气，作家也许可以用观察来弥补。在中国缺少这种空气，自己不做便体验不着，观察不到。写作的问题便是一个做人的问题，人的火候到了，写出的东西自然是对的。——这样的说法，同时也解答了第二个问题——文艺作品如何反映民主主义内容的问题。

诚如大家所指出的，目前还有许多有知识有成就的文艺家，本身还站在民主运动之外，他们的生活与写作甚至有了反民主的倾向。对于这些人，大家主张，除了加强劝导之外，还要加强理论上的批评。这点我是赞同的。我还主张，应该无情地打击。目前在进步的朋友中间，委曲求全的思想还是很盛行。我以为社会上没有那么容易的事，在大变革的时期，一定需要大牺牲，不能顾忌太多。政治上的委曲求全，我是了解的。但我还是要坚持，在文艺工作上，委曲还是应该有限度。我想，我们理想的本身，就是一首诗，今天应该坚持这种精神，不要要求成功太切。中国人自来是善于委曲求全的，用不着我们再来宣传这种思想。

  关于如何创造民主主义新文艺的问题，我想先提出形式问题来谈谈。前些时何其芳先生有信来，说起张恨水的小说在重庆很盛行，他认为这个形式（章回小说的形式）很可利用，并问到我的意见。我所想到的，是最接近我们的这个圈子，知识分子的圈子。——对大众自然应该给予教育，好在他们是一张白纸，没有成见，新形式也许一样可以接受。至于知识分子和学生，问题最多，挑剔相当厉害。所以艺术技巧方面，是要极力提高。旧形式恐怕打不到他们的面前，恐怕还是要用西洋最高的东西，才能打动他们。我看那些容易和民众接近的地方，问题倒比较简单，比较顺利；我们住在大后方，不可忽略了后方的另一面。这里才是苦海，周围的人难对付；艰巨的工作在这里。

  旧形式是一种旧习惯，如果认为非利用旧形式不可，便无异于承认习惯是不可改变的。我的性格喜欢走极端，我对一切旧的东西都反对，希望最好一点也不要留。我所以赞成田间的诗，原因也在这里，因为他把旧腔调摆脱得最干净。这种极端的感情，也许是近二十年来钻进旧圈子以后的彻底的反感，说不定过分一点，但暂时我还愿意坚持我的意见。

战后文艺的道路

"道路"不一定是具体计划,只是一种看法;战后不是善后,善后是暂时的,战后是相当长时期的将来。根据已然推测必然,是科学的客观预见,历史是有其客观的必然性的,所以要讲到战后文艺的道路,必须根据文学史及社会发展作一番讨论。

关于文学史,应根据新的世界观来分析:我们承认最根本决定社会之发展的是阶级,有统治阶级,有被统治阶级。中国过去的文学史却抹煞了人民的立场,只讲统治阶级的文学,不讲被统治阶级的文学。今天以人民的立场来讲文学,对统治阶级的文学亦不抹煞。

观察中国的社会,有下面几个阶段:

一、奴隶社会阶段,

二、自由人阶段,

三、主人阶段。

奴隶社会的组织是奴隶和奴隶主,自由人是解放了的奴隶,战国和西汉的奴隶气质在文学上很明显,魏晋以后嵇康阮籍解放了,但由建安到今天都无大变。

建安前是奴隶文艺,建安后是自由人的文艺。奴隶的反面不是自由人,奴隶的反面是主人。西方民主国家还要争自由,何况中国!奴隶是有主人的奴隶,自由人是脱离主人的奴隶。今后的主人,则是没有奴隶的主人;有奴隶的主人是法西斯。

现在再看每个阶段的特质。

(一)奴隶阶段:——

今天所谓奴隶与历史上的奴隶不同,真性奴隶是无身体自由的,使其身体亏损如剕,刖,墨,荆,宫等是奴隶的象征,再一种是手铐脚镣的束缚,这可呼为真性的奴隶。和这相反的要身体有自由发育,自由活动的才是主人。在真性奴隶社会中作业是分工的,主人也做事,大致为政,为君,战争,行刑是主人干的,他做事是自由的。奴隶的事,一是物质生产的技术,如农工等类;一是非物质的生产,如艺术,卜卦,算命,音乐。统治者担任的是治术,奴隶担任的是技术和艺术。技术供主人消费,艺术供主人消遣。历史上有名的音乐家师旷是瞎子,可以作为证明。

古代的艺术家是奴隶干的,如王维在《唐书》上就没有他的传,因为他是奴隶;干艺术是下流的,像今天看戏子如娼妓是一个样。荆轲的好友高渐离会击筑,为秦始皇挖去二目,再来听他的音乐。如果身体不亏损,你就只能作汉武帝时候的李延年,汉武帝当他作女人看。

真性奴隶社会在战国时是没有了,在春秋时即已逐渐瓦解。但奴隶社会的遗留太多,太明显,《史记·滑稽列传》淳于髡为齐国赘婿,髡是受剃了发的髡刑的,名字都已证明他是奴隶了。其他屈原,宋玉,东方朔,枚皋,司马迁都是奴隶,司马迁受宫刑是奴隶的标帜,这些人比真性社会的奴隶身体稍自由。

古代艺术家身体上受创伤,心理上也受创伤,常云"文穷而后工";厨川白村的《苦闷的象征》谓"不自由即奴隶的别名"。文艺是身体或心理受创伤后产生的花朵,是用血泪来培养的。金鱼很好看,是人看他好看,金鱼的本身并不会觉得好看;盆景也如此。在阶级社会里的文艺都是悲惨的,一般有天才的奴隶为要主人赏识,主人免其劳动而养活他,他就歌功颂德,宣扬统治者的思想,为主人所豢养,他帮助主人压迫其同类。技术奴隶如傅说的板筑。因此我们可以说:一,技术是不自由的劳动;二,文艺是不自由的不劳动;三,治术是自由的不劳动;四,帮闲文人寄生者是不自由的不劳动。

当艺术家作为消闲的工具时是消极的罪恶,但当艺术家去替统治者作统治的工具时，就成了积极的罪恶。

除了人民自己的文艺之外，一切的文艺都是奴隶作的。今日的文艺传统不是如《诗经》那样由人民的传统来，而是由奴隶来，所以往往作了奴隶的子孙而不自察。

（二）自由人阶段：——

自封建时代奴隶的解放，就有了自由人，自由人的实际地位是自己选择自己的道路，愿不愿作奴隶？儒家愿作奴隶，道家不愿作奴隶。所以：

一、楚狂避世，怕惹祸。

二、杨朱不合作，为我，先顾自己，不管他人是非。你是你，我是我，我不惹你，你莫管我，但承认人家的势力。

三、程明道程伊川一个对妓女坐，一个背妓女坐，人家批评他俩一个是目中有妓，心中无妓，一个是目中无妓，心中有妓。这种是忘了你我，逃避在观念社会里，我不见妓女，就没有妓女。

四、庄周梦为蝴蝶，但庄周并不能为蝴蝶。前三种是逃避他人，庄周却逃避自己。

五、东方朔避世朝廷；小隐山林，大隐朝廷，只要我心里没有官，作了官也等于不作官。

六、唐卢藏用等以终南山为作官捷径。

七、先作官而后归隐。

八、可怜主人而去帮忙。

以下道家儒家不能分。这些人象征思想的解放，春秋后此种思想即已产生，东汉魏晋以至今日，都是这一种传统没有变。到了近一百年，除了作自己人的奴隶外，还要作外国人的奴隶。

自由人是被解放了的奴隶，但我们今天还一直跟着这后尘。

上面列举的前四种人的态度是诚恳的，自己求解放，后面几种人都是自己骗自己，由魏晋到盛唐，勉强可以，以后就不行了。唐以后的诗不足观，是人根本要不得。前面的解放只是主观的解放，自己在麻醉自己，自己麻醉不外饮酒，看花，看月，听鸟说甚，对人的社会装聋，表现在艺术作品中的麻醉性，这就更高。魏晋艺术的发展是将艺术作麻醉的工具，阮籍怕脑袋掉是超然，陶潜也是逃避自己而结庐在人境，是积极的为自己。阮是消极的为人，阮对着的是压迫他的敌人，是有反抗性的，陶没有反抗性，他对面没有敌人，故阮比陶高。阮是无言的反抗，陶是无言而不反抗，能在那里听鸟说甚，他更可以要干什么便干什么。

西洋艺术为宗教，解放后的自由人则为艺术而艺术，到贵族打倒后，没有反抗性而变为消极的东西。

总结以上有怠工的奴隶，有开小差的奴隶，有以罢工抬高价钱的奴隶。各种奴隶都有，但没有想作主人的。这些人虽间不容发，但是都没有想到当主人。倒是农民想要当主人反而当成了，如刘邦、朱元璋是，张献忠、李自成、洪秀全等是没有当成功的。士大夫只想做官，只想到最高的理想最大胆的手腕是作一人之下万人之上的宰相。这种人不需要革命，无革命的观念和欲望，故士大夫从来不需要革命。农民从来不得到主人给他的面包渣，骨头，故他可以反抗，可以成功。

往后要作主人，要作无奴隶的主人。

（三）主人阶段：——

自由人不是主人，但像主人，似是而非。士大夫作自由人就够了，无需为主人，等自由人的自由被剥夺了，成了有形的奴隶，他就可以回头来帮助别人革命。最不能安身的是奴隶农民，因为他无处藏身，他就要起来积极地革命。

法西斯要将人都变成奴隶，每个人都有当奴隶的危机，大家要反抗，抗了法西斯，不仅要作自由人，而是要真正作主人。

所以我对于战后文艺的道路有三种看法：

一、恢复战前。

二、实现战前未达到的理想。

三、提高我们的欲望。

前两种都较消极，第三种却是积极的提高，因为打了仗后，人民理想的身价应与今日的通货膨胀一样的增高。今日有人要内战，我们当然要更高的代价，这是历史发展的必然性。战后的文艺的道路是要作主人的文艺。有了战争就产生了我们新的觉悟，我们认清自己身分的本质，我们由作奴隶的身分而往上爬，只看见上面的目的地而只顾往上爬，不知往下看。虽然看见目的地快到，但这是我们的幻觉，这是有随时被人打下来的危险。我们不能单往上看，而是要切实的往下看，要将在上面的推翻了，大家才能在地上站得稳。由这个观点上看：如果我们仅只是追求我们更多的个人自由，让我们藏的更深，那就离人民愈远。今天我们不这样逃，更要防止别人逃，谁不肯回头来，就消灭他！

我们大学的学院式的看法太近视，我们在当过更好一点的奴隶以后，对过去已经看得太多，从来不去想别的，过去我们骑在人家颈上，不懂希望及展望将来的前途，书愈读的多，就像耗子一样只是躲，不敢想，没有灵魂，为这个社会所限制住，为知识所误，从来不想到将来。

将来这条道路，不但自己要走，还要将别人拉回来走，这是历史发展的法则。如果还有要逃的，消灭他，服从历史。

兽·人·鬼

　　刽子手们这次杰作，我们不忍再描述了，其残酷的程度，我们无以名之，只好名之曰兽行，或超兽行。但既已认清了是兽行，似乎也就不必再用人类的道理和它费口舌了。甚至用人类的义愤和它生气，也是多余的。反正我们要记得，人兽是不两立的，而我们也深信，最后胜利必属于人！

　　胜利的道路自然是曲折的，不过有时也实在曲折得可笑。下面的寓言正代表着目前一部分人所走的道路。

　　村子附近发现了虎，孩子们凭着一股锐气，和虎搏斗了一场，结果遭牺牲了，于是成人们之间便发生了这样一串纷歧的议论：

　　——立即发动全村的人手去打虎。

　　——在打虎的方法没有布置周密时，劝孩子们暂勿离村，以免受害。

　　——已经劝阻过了，他们不听，死了活该。

　　——咱们自己赶紧别提打虎了，免得鼓励了孩子们去冒险。

　　——虎在深山中，你不惹它，它怎么会惹你？

　　——是呀！虎本无罪，祸是喊打虎的人闯的。

　　——虎是越打越凶的，谁愿意打谁打好了，反正我是不去的。

　　议论发展下去是没完的，而且有的离奇到不可想象。当然这里只限于人——善良的人的议论。至于那"为虎作伥"的鬼的想法，就不必去揣测了。但愿世上真没有鬼，然而我真担心，人既是这样的善良，万一有鬼，是多么容易受愚弄啊！

艾青和田间

这是闻一多先生在去年昆明的诗人节纪念会上的讲演,在这讲演之前,两位联大的同学朗诵了艾青的《向太阳》和田间的《自由向我们来了》,《给战斗者》,听众们都很激动,接下来,闻先生说:

一切的价值都在比较上,看出来。

(他念了一首赵令仪的诗,说:)

这诗里是些什么山茶花啦,胸脯啦,这一套讽刺战斗,粉刷战斗的东西,这首描写战争的诗,是歪曲战争,是反战,是把战争的情绪变转,缩小。这也正是常任侠先生所说的鸳鸯蝴蝶派。(笑。)

几乎每个在座的人都是鸳鸯蝴蝶派。(笑。)我当年选新诗,选上了这一首,我也是鸳鸯蝴蝶派。(大笑。)

艾青当然比这好。他表现人民及战争,用我们知识分子最心爱的,崇拜的东西与装饰,去理想化。如《向太阳》这首诗里面,他用浪漫的幻想,给现实镀上金,但对赤裸裸的现实,他还爱得不够。我们以为好的东西的里面,往往也有坏的东西。

如在太阳底下死,是 Sentimental① 的,是感伤的,我们以为是诗的东西都是那个味儿。(笑。)

我们的毛病在于眼泪啦,死啦。用心是好的,要把现实装扮出来,引诱我们认识它,爱它,却也因此把自己的狐狸尾巴露出来了。

这一些,田间就少了,因此我们也就不大能欣赏。

---

① Sentimental,感伤的。

胡风评田间是第一个抛弃了知识分子灵魂的战争诗人，民众诗人。他没有那一套泪和死。但我们，这一套还留得很多，比艾青更多。我们能欣赏艾青，不能欣赏田间，因为我们跑不了那么快。今天需要艾青是为了教育我们进到田间，明天的诗人。但田间的知识分子气，胡风说抛弃了，我看也没有完全抛弃。如"自由向我们来了"，为什么我们不向自由去呢？艾青说"太阳滚向我们"，为什么我们不滚向太阳呢？（笑，鼓掌。）

　　艾青的《北方》写乞丐，田间的一首诗写新型的女人，因为田间已是新世界中的一个诗人。我们不能怪我们不欣赏田间：因为我们生在旧社会中。我们只看到乞丐，新型的女人我们没有看到过。

　　有人谩骂田间，只是他们无知。

　　关于艾青、田间的话很多，时间短，讲到这儿为止。

最后一次的讲演

这几天，大家晓得，在昆明出现了历史上最卑劣，最无耻的事情！李先生究竟犯了什么罪，竟遭此毒手？他只不过用笔写写文章，用嘴说说话，而他所写的，所说的，都无非是一个没有失掉良心的中国人的话！大家都有一枝笔，有一张嘴，有什么理由拿出来讲啊！有事实拿出来说啊！（闻先生声音激动了）为什么要打要杀，而且又不敢光明正大的来打来杀，而偷偷摸摸的来暗杀！（鼓掌）这成什么话？（鼓掌）

今天，这里有没有特务？你站出来，是好汉的站出来！你出来讲！凭什么要杀死李先生？（厉声，热烈的鼓掌）杀死了人，又不敢承认，还要诬蔑人，说什么"桃色案件"，说什么共产党杀共产党，无耻啊！无耻啊！（热烈的鼓掌）这是某集团的无耻，恰是李先生的光荣！李先生在昆明被暗杀，是李先生留给昆明的光荣！也是昆明人的光荣！（鼓掌）

去年"一二·一"昆明青年学生为了反对内战，遭受屠杀，那算是青年的一代，献出了他们最宝贵的生命！现在李先生为了争取民主和平，而遭受了反动派的暗杀，我们骄傲一点说，这算是像我这样大年纪的一代，我们的老战友，献出了最宝贵的生命。这两桩事发生在昆明，这算是昆明无限的光荣！（热烈的鼓掌）

反动派暗杀李先生的消息传出后，大家听了悲愤痛恨。我心里想，这些无耻的东西，不知他们是怎么想法，他们的心理是什么状态，他们的心是怎样长的！（锤击桌子）其实很简单，（低沉渐离）他们这样疯狂的来制造恐怖，正是他们自己在慌啊！在害怕啊！所以他们制造恐怖，其实是他们自己在恐怖啊！特务们，你们想想，你们还有几天？你们完了，快完了！你们以为打伤几个，杀死几个，就可以了事，就可以把人民吓倒了吗？其实广大的人民是打不尽的，杀不完的，要是这样可以的话，世界上早没有人了。你们杀死了一个李公朴，会有千百万个李公朴站起来！你们将失去千百万的人民！你们看着我们人少，没有力量？告诉你们，我们的力量大得很！多得很！看今天来的这些人，都是我们的人，都是我们的力量！此外还有广大的市民！我们有这个信心：人民的力量是要胜利的，真理是永远存在的，历史上没有一个反人民的势力不被人民毁灭的！希特勒，墨索里尼不都在人民之前倒下去了吗？翻开历史看看，你们还站得住几天！你们完了，快完了！我们的光明就要出现了。我们看，光明就在我们的眼前，而现在正是黎明之前那个最黑暗的时候。我们有力量打破这个黑暗，争到光明！我们的光明，就是反动派的末日！（热烈的鼓掌）

反动派故意挑拨美苏的矛盾，想利用这矛盾来打内战。任你们怎么样挑拨，怎么样离间，美苏不一定打呀！现在四外长会议已经圆满闭幕了。这不是说美苏间已没有矛盾，但是可以让步，可以妥协。事情是曲折的，不是直线的。

李先生的血，不会白流的！李先生赔上了这条性命，我们要换来一个代价。"一二·一"四烈士倒下了，年青的战士们的血，换来了政治协商会议的召开，现在李先生倒了，他的血要换取政协会议的重开！（热烈的鼓掌）我们有这个信心！（鼓掌）

"一二·一"是昆明的光荣，是云南人民的光荣，云南有光荣的历史，远的如护国，这不用说了，近的如"一二·一"，都是属于云南人民的，我们要发扬云南光荣的历史！（听众表示接受）

反动派挑拨离间，卑鄙无耻，你们看见联大走了，学生放暑假了，便以为我们没有力量了吗？特务们！你们错了！你们看看今天到会的一千多青年，又握起手来了，我们昆明的青年决不会让你们这样蛮横下去的！

反动派，你看见一个倒下去，可也看得见千百个继起的！

正义是杀不完的，因为真理永远存在！（鼓掌）

历史赋予昆明的任务是争取民主和平，我们昆明的青年必须完成这任务！

我们不怕死，我们有牺牲的精神，我们随时像李先生一样，前脚跨出大门，后脚就不准备再跨进大门！（长时间热烈的鼓掌）

诗歌

红　烛

> 蜡炬成灰泪始干——李商隐

红烛啊！
这样红的烛！
诗人啊！
吐出你的心来比比，
可是一般颜色？

红烛啊！
是谁制的蜡——给你躯体？
是谁点的火——点着灵魂？
为何更须烧蜡成灰，
然后才放光出？
一误再误；
矛盾！冲突！

红烛啊！
不误，不误！
原是要"烧"出你的光来——
这正是自然的方法。

红烛啊！
既制了，便烧着！

烧罢!烧罢!
烧破世人的梦,
烧沸世人的血——
也救出他们的灵魂,
也捣破他们的监狱!
红烛啊!
你心火发光之期,
正是泪流开始之日。

红烛啊!
匠人造了你,
原是为烧的。
既已烧着,
又何苦伤心流泪?
哦!我知道了!
是残风来侵你的光芒,
你烧得不稳时,
才着急得流泪!

红烛啊!
流罢!你怎能不流呢?
请将你的脂膏,
不息地流向人间,
培出慰藉的花儿,
结成快乐的果子!

红烛啊!

你流一滴泪,灰一分心。
灰心流泪你的果,
创造光明你的因。

红烛啊!
"莫问收获,但问耕耘。"

西　岸

"He has a lusty spring, when fancy clear Takes in all beauty within an easy span."

———Keats[①]

这里是一道河，一道大河，
宽无边，深无底；
四季里风姨巡遍世界，
便回到河上来休息；
满天糊着无涯的苦雾，
压着满河无期的死睡。
河岸下酣睡着，河岸上
反起了不断的波澜，
啊！卷走了多少的痛苦！
淘尽了多少的欣欢！
多少心被羞愧才鞭驯，
一转眼被虚荣又煽癫！
鞭下去，煽起来，
又莫非是金钱的买卖。
黑夜哄着聋瞎的人马，
前潮刷走，后潮又挟回。
没有真，没有美，没有善，

---

①　英语著名诗人济慈诗，现代著名诗人绿原译为："他有一个快活的春季，当明澈的鉴赏力，在安适的瞬息将一切美尽收眼底。"

更那里去找光明来!

但不怕那大泽里,
风波怎么凶,水兽怎么猛,
总难惊破那浅水芦花里
那些小草的幽梦,——
一样的,有个人也逃脱了
河岸上那纷纠的樊笼。
他见了这宽深的大河,
便私心唤醒了些疑义:
分明是一道河,有东岸,
岂有没个西岸的道理?
啊!这东岸的黑暗恰是那
西岸的光明的影子。

但是满河无期的死睡,
撑着满天无涯的雾幕;
西岸也许有,但是谁看见?
哎……这话也不错。
"恶雾遮不住我,"心讲道,
"见不着,那是目的过!"
有时他忽见浓雾变得
绯样薄,在风翅上荡漾;
雾缝里又筛出些
丝丝的金光洒在河身上。
看!那里!可不是个大鼋背?
毛发又长得那样长。

不是的！到是一座小岛
戴着一头的花草；
看！灿烂的鱼龙都出来
晒甲胄，理须桡；
鸳鸯洗刷完了，喙子
插在翅膀里，睡着觉了。
鸳鸯睡了，百鳞退了——
满河一片凄凉；
太阳也没兴，卷起了金练，
让雾帘重往下放：
恶雾瞪着死水，一切的
于是又同从前一样。

"啊！我懂了，我何曾见着
那美人的容仪？
但猜着蠕动的绣裳下，
定有副美人的肢体。
同一理：见着的是小岛，
猜着的是岸西。"

"一道河中一座岛，河西
一盏灯光被岛遮断了。"
这语声到处，是有些人
鹦哥样，听熟了，也会叫；
但是那多数的人
不笑他发狂，便骂他造谣。

也有人相信他,但还讲道:
"西岸地岂是为东岸人?
若不然,为什么要划开
一道河,这样宽又这样深?"
有人讲:"河太宽,雾正密。
找条陆道过去多么稳!"
还有人明晓得道儿
只这一条,单恨生来错——
难学那些鸟儿飞着渡,
难学那些鱼儿划着过,
却总都怕说得:"搭个桥,
穿过岛,走着过!"为什么?

时间的教训

太阳射上床,惊走了梦魂。
昨日的烦恼去了,今日的还没来呢。
啊!这样肥饱的鹑声,
稻林里撞挤出来——来到我心房酿蜜,
还同我的,万物的蜜心,
融合作一团快乐——生命的唯一真义。

此刻时间望我尽笑,
我便合掌向他祈祷:"赐我无尽期!"
可怕!那笑还是冷笑;
那里?他把眉尖锁起,居然生了气。

"地得!地得!"听那壁上的钟声,
果同快马狂蹄一般地奔腾。
那骑者还仿佛吼着:
"尽可多多创造快乐去填满时间;
那可活活缚着时间来陪着快乐?"

黄　昏

太阳辛苦了一天，
赚得一个平安的黄昏，
喜得满面通红。
一气直往山洼里狂奔。

黑暗好比无声的雨丝，
慢慢往世界上飘洒……
贪睡的合欢叠拢了绿鬓，钩下了柔颈，
路灯也一齐偷了残霞，换了金花；
单剩那喷水池
不怕惊破别家的酣梦，
依然活泼泼地高呼狂笑，独自玩耍。
饭后散步的人们，
好象刚吃饱了蜜的蜂儿一窠，
三三五五的都往
马路上头，板桥栏畔飞着。
嗡……嗡……嗡……听听唱的什么——
　　是花色的美丑？
　　是蜜味的厚薄？
　　是女王的专制？
　　是东风的残虐？

啊！神秘的黄昏啊！
问你这首玄妙的歌儿，
这辈嚣喧的众生
谁个唱的是你的真义？

印 象

　　一望无涯的绿茸茸的——
　　是青苔？是蔓草？是禾稼？是病眼发花？——
　　只在火车窗口象走马灯样旋着。
　　仿佛死在痛苦的海里泅泳——
　　他的披毛散发的脑袋
　　在喑哑无声的绿波上漂着——
　　是簇簇的杨树林钻出禾面。

　　绿杨遮着作工的——神圣的工作！
　　骍红的赤膊摇着枯涩的辘轳，
　　向地母哀求世界的一线命脉。
　　白杨守着休息的——无上的代价！——
　　孤零零的一座秃头的黄土堆，
　　拥着一个安闲，快乐，了无知识的灵魂，
　　长眠，美睡，禁止百梦的纷扰。
　　啊！神圣的工作！无上的代价！

美 与 爱

窗子里吐出娇嫩的灯光——
两行鹅黄染的方块镶在墙上；
一双枣树的影子，象堆大蛇，
横七竖八地睡满了墙下。

啊！那颗大星儿！嫦娥的侣伴！
你无端绊住了我的视线；
我的心鸟立刻停了他的春歌，
因他听了你那无声的天乐。

听着，他竟不觉忘却了自己，
一心只要飞出去找你，
把监牢的铁槛也撞断了；
但是你忽然飞地不见了！

屋角的凄风悠悠叹了一声，
惊醒了懒蛇滚了几滚；
月色白得可怕，许是恼了？
张着大嘴的窗子又象笑了！

可怜的鸟儿，他如今回了，
嗓子哑了，眼睛瞎了，心也灰了；
两翅洒着滴滴的鲜血，——
是爱的代价，美的罪孽！

风 波

我戏将沉檀焚起来祀你,
那知他会烧的这样狂!
他虽散满一世界的异香,
但是你的香吻没有抹尽的
那些渣滓,却化作了云雾
满天,把我的两眼障瞎了;
我看不见你,便放声大哭,
象小孩寻不见他的妈了。
立刻你在我耳旁低声地讲:
(但你的心也雷样地震荡)
"在这里,大惊小怪地闹些什么?
一个好教训哦!"说完了笑着。
爱人!这戏禁不得多演;
让你的笑焰把我的泪晒干!

幻中之邂逅

太阳落了，责任闭了眼睛，
屋里朦胧的黑暗凄酸的寂静，
钩动了一种若有若无的感情，
——快乐和悲哀之间的黄昏。

仿佛一簇白云，蒙蒙漠漠，
拥着一只素氅朱冠的仙鹤——
在方才淌进的月光里浸着，
那娉婷的模样就是他么？

我们都还没吐出一丝儿声响；
我刚才无心地碰着他的衣裳，
许多的秘密，便同奔川一样，
从这摩触中不歇地冲洄来往。

忽地里我想要问他到底是谁，
抬起头来……月在哪里？人在哪里？
从此狰狞的黑黯，咆哮的静寂，
便扰得我辗转空床，通夜无睡。

志　愿

马路上歌啸的人群
泛滥横流着，
好比一个不羁的青年的意志。

银箔似的溪面一意地
要板平他那难看的皱纹。
两岸的绿杨争着
迎接视线到了神秘的尽头？——
原来那里是尽头？
是视线的长度不够！

啊！主呀，我过了那道桥以后，
你将怎样叫我消遣呢？
主啊！愿这腔珊瑚似的鲜血
染得成一朵无名的野花，
这阵热气又化些幽香给他，
好钻进些路人的心里烘着罢！
只要这样，切莫又赏给我
这一副腥秽的躯壳！
主呀！你许我吗？许了我罢！

深夜的泪

生波停了掀簸；
深夜啊！——
沉默的寒潭！
澈虚的古镜！

行人啊！
回转头来，
照照你的颜容罢！
啊！这般憔悴……

轻柔的泪，
温热的泪，
洗得净这仆仆的征尘？
无端地一滴滴流到唇边，
想是要你尝尝他的滋味；
这便是生活的滋味！

枕儿啊！
紧紧地贴着！
请你也尝尝他的滋味。
唉！若不是你，
这腐烂的骷髅，

往那里靠啊!
更鼓啊!
一声声这般急切;
便是生活的战鼓罢?
唉!擂断了心弦,
搅乱了生波……

战也是死,
逃也是死,
降了我不甘心。
生活啊!
你可有个究竟?

啊!宇宙的生命之酒,
都将酌进上帝的金樽。
不幸的浮沤!
怎地偏酌漏了你呢?

贡 臣

我的王！我从远方来朝你，
带了满船你不认识的，
但是你必中意的贡礼。
我兴高采烈地航到这里来，
那里知道你的心……唉！
还是一个涸了的海港！
我悄悄地等着你的爱潮膨涨，
好浮进我的重载的船艘；
月儿圆了几周，花儿红了几度，
还是老等，等不来你的潮头！
我的王！他们讲潮汐有信，
如今叫我怎样相信他呢？

死

啊！我的灵魂的灵魂！
我的生命的生命，
我一生的失败，一生的亏欠，
如今要都在你身上补足追偿，
但是我有什么
可以求于你的呢？

让我淹死在你眼睛的汪波里！
让我烧死在你心房的熔炉里！
让我醉死在你音乐的琼醪里！
让我闷死在你呼吸的馥郁里！

不然，就让你的尊严羞死我！
让你的酷冷冻死我！
让你那无情的牙齿咬死我！
让那寡恩的毒剑螫死我！

你若赏给我快乐，
我就快乐死了；
你若赐给我痛苦，
我也痛苦死了；
死是我对你唯一的要求，
死是我对你无上的贡献。

春之首章

浴人灵魂的雨过了：
薄泥到处啮人的鞋底。
凉飕挟着湿润的土气
在鼻蕊间正冲突着。

金鱼儿今天许不大怕冷了？
个个都敢于浮上来呢！

东风苦劝执拗的蒲根，
将才睡醒的芽儿放了出来。
春雨过了，芽儿刚抽到寸长
又被池水偷着吞去了。

亭子角上几根瘦硬的，
还没赶上春的榆枝，
印在鱼鳞似的天上；
象一页淡蓝的朵云笺，
上面涂了些僧怀素的
铁画银钩的草书。

丁香枝上豆大的蓓蕾，
包满了包不住的生意，

呆呆地望着辽阔的天宇，
盘算他明日的荣华——
仿佛一个出神的诗人
在空中编织未成的诗句。

春啊！明显的秘密哟！
神圣的魔术哟！
啊！我忘了我自己，春啊！
我要提起我全身的力气，
在你那绝妙的文章上
加进这丑笨的一句哟！

春之末章

被风惹恼了的粉蝶,
试了好几处的枝头,
总抱不大稳,率性就舍开,
忽地不知飞向那里去了。
啊!大哲的梦身啊!
了无粘滞的达观者哟!

太轻狂了哦!杨花!
依然吩咐两丝粘住罢。

娇绿的坦张的荷钱啊!
不息地仰面朝上帝望着,
一心地默祷并且赞美他——
只要这样,总是这样,
开花结实的日子便快了。

一气的酣绿里忽露出
一角汉纹式的小红桥,
真红得快叫出来了!

小孩儿们也太好玩了啊!
镇日里蓝的白的衫子

骑满竹青石栏上垂钓。
他们的笑声有时竟脆得象
坍碎了一座琉璃宝塔一般。
小孩们总是这样好玩呢！

绿纱窗里筛出的琴声，
又是画家脑子里经营着的
一帧美人春睡图：
细熨的柔情，娇羞的倦致，
这般如此，忽即忽离，
啊！迷魂的律吕啊！

音乐家啊！垂钓的小孩啊！
我读完这春之宝笈的末章，
就交给你们永远管领着罢！

初夏一夜的印象
——一九二二年五月直奉战争时

夕阳将诗人交付给烦闷的夜了，
叮咛道："把你的秘密都吐给他了罢！"

紫穹窿下洒着些碎了的珠子——
诗人想：该穿成一串挂在死的胸前。

阴风的冷爪子刚扒过饿柳的枯发，
又将池里的灯影儿扭成几道金蛇。

帖在山腰下佝偻得可怕的老柏，
拿着黑瘦的拳头硬和太空挑衅。

失睡的蛙们此刻应该有些倦意了，
但依旧努力地叫着水国的军歌。

个个都吠得这般沉痛，村狗啊！
为什么总骂不破盗贼的胆子？

嚼火漱雾的毒龙在铁梯上爬着，
驮着灰色号衣的战争，吼的要哭了。

铜舌的报更的磬，屡次安慰世界，

请他放心睡去,……世界那肯信他哦!

上帝啊!眼看着宇宙糟踏到这样,
可也有些寒心吗?仁慈的上帝哟!

红荷之魂

有 序

盆莲饮雨初放,折了几枝,供在案头,又听侄辈读周茂叔的《爱莲说》,便不得不联想及于三千里外《荷花池畔》的诗人。赋此寄呈实秋,兼上景超及其他在西山的诸友。

太华玉井的神裔啊!
不必在污泥里久恋了。
这玉胆瓶里的寒浆有些洌骨吗?
那原是没有堕世的山泉哪!

高贤的文章啊!雏凤的律吕啊!
往古来今竟携了手来谀媚着你。
来罢!听听这蜜甜的赞美诗罢!
抱霞摇玉的仙花呀!
看着你的躯体,
我怎不想到你的灵魂?
灵魂啊!到底又是谁呢?

是千叶宝座上的如来,
还是丈余红瓣中的太乙呢?
是五老峰前的诗人,

还是洞庭湖畔的骚客呢？

红荷的魂啊！
爱美的诗人啊！
便稍许艳一点儿，
还不失为"君子"。
看那颗颗袒张的荷钱啊！
可敬的——向上的虔诚，
可爱的——圆满的个性。
花魂啊！佑他们充分地发育罢！

花魂啊，
须提防着，
不要让菱芡藻荇的势力
蚕食了泽国的版图。

花魂啊！
要将崎岖的动的烟波，
织成灿烂的静的绣锦。
然后，
高蹈的鸬鹚啊！
热情的鸳鸯啊！
水国烟乡的顾客们啊！……
只欢迎你们来
逍遥着，偃卧着；
因为你们知道了
你们的义务。

太 阳 吟

太阳啊，刺得我心痛的太阳！
又逼走了游子的一出还乡梦，
又加他十二个时辰的九曲回肠！

太阳啊，火一样烧着的太阳！
烘干了小草尖头的露水，
可烘得干游子的冷泪盈眶？

太阳啊，六龙骖驾的太阳！
省得我受这一天天的缓刑，
就把五年当一天跪完那又何妨？

太阳啊——神速的金乌——太阳！
让我骑着你每日绕行地球一周，
也便能天天望见一次家乡！

太阳啊，楼角新升的太阳！
不是刚从我们东方来的吗？
我的家乡此刻可都依然无恙？

太阳啊，我家乡来的太阳！
北京城里的官柳裹上一身秋了罢？

唉！我也憔悴的同深秋一样！
太阳啊，奔波不息的太阳！
你也好象无家可归似的呢。
啊！你我的身世一样地不堪设想！

太阳啊，自强不息的太阳！
大宇宙许就是你的家乡罢。
可能指示我我的家乡的方向？

太阳啊，这不象我的山川，太阳！
这里的风云另带一般颜色，
这里鸟儿唱的调子格外凄凉。

太阳啊，生活之火的太阳！
但是谁不知你是球东半的情热，
同时又是球西半的智光？

太阳啊，也是我家乡的太阳！
此刻我回不了我往日的家乡，
便认你为家乡也还得失相偿。

太阳啊，慈光普照的太阳！
往后我看见你时，就当回家一次；
我的家乡不在地下乃在天上！

寄怀实秋

泪绳捆住的红烛
已被海风吹熄了;
跟着有一缕犹疑的轻烟,
左顾右盼,
不知往那里去好。
啊!解体的灵魂哟!
失路的悲哀哟!

在黑暗的严城里,
恐怖方施行他的高压政策:
诗人的尸肉在那里仓皇着,
仿佛一只丧家之犬呢。
莲蕊间酣睡着的恋人啊!
不要灭了你的纱灯:
几时珠箔银绦飘着过来,
可要借给我点燃我的残烛,
好在这阴城里面,
为我照出一条道路。
烛又点燃了,
那时我便作个自然的流萤,
在深更的风露里,
还可以逍遥流荡着,

直到黎明!
莲蕊间酣睡着的骚人啊!
小心那成群打围的飞蛾,
不要灭了你的纱灯哦!

玄 思

在黄昏的沉默里，
从我这荒凉的脑子里，
常迸出些古怪的思想，
不伦不类的思想；

仿佛从一座古寺前的
尘封雨渍的钟楼里，
飞出一阵猜怯的蝙蝠，
非禽非兽的小怪物。

同野心的蝙蝠一样，
我的思想不肯只爬在地上，
却老在天空里兜圈子，
圆的，扁的，种种的圈子。

我这荒凉的脑子
在黄昏的沉默里，
常迸出些古怪的思想，
仿佛同些蝙蝠一样。

火 柴

这里都是君王的
樱桃艳嘴的小歌童：
有的唱出一颗灿烂的明星，
唱不出的，都拆成两片枯骨。

忆 菊
——重阳前一日作

　　插在长颈的虾青瓷的瓶里,
　　六方的水晶瓶里的菊花,
　　钻在紫藤仙姑篮里的菊花;
　　守着酒壶的菊花,
　　陪着螯盏的菊花;
　　未放,将放,半放,盛放的菊花。

　　镶着金边的绛色的鸡爪菊;
　　粉红色的碎瓣的绣球菊!
　　懒慵慵的江西腊哟;
　　倒挂着一饼蜂窠似的黄心,
　　仿佛是朵紫的向日葵呢。
　　长瓣抱心,密瓣平顶的菊花;
　　柔艳的尖瓣钻蕊的白菊
　　如同美人的拳着的手爪,
　　拳心里攫着一撮儿金粟。

　　檐前,阶下,篱畔,圃心的菊花:
　　霭霭的淡烟笼着的菊花,
　　丝丝的疏雨洗着的菊花,——
　　金的黄,玉的白,春酿的绿,秋山的紫,
　　……

剪秋萝似的小红菊花儿；
从鹅绒到古铜色的黄菊；
带紫茎的微绿色的"真菊"
是些小小的玉管儿缀成的，
为的是好让小花神儿
夜里偷去当了笙儿吹着。

大似牡丹的菊王到底奢豪些。
他的枣红色的瓣儿，铠甲似的，
张张都装上银白的里子了；
星星似的小菊花蕾儿
还拥着褐色的萼被睡着觉呢。

啊！自然美的总收成啊！
我们祖国之秋的杰作啊！
啊！东方的花，骚人逸士的花呀！
那东方的诗魂陶元亮
不是你的灵魂的化身罢？
那祖国的登高饮酒的重九
不又是你诞生的吉辰吗？

你不象这里的热欲的蔷薇，
那微贱的紫萝兰更比不上你。
你是有历史，有风俗的花。
啊！四千年的华胄的名花呀！
你有高超的历史，你有逸雅的风俗！

啊！诗人的花呀！我想起你，
我的心也开成顷刻之花，
灿烂的如同你的一样；
我想起你同我的家乡，
我们的庄严灿烂的祖国，
我的希望之花又开得同你一样。

习习的秋风啊！吹着，吹着！
我要赞美我祖国的花！
我要赞美我如花的祖国！
请将我的字吹成一簇鲜花，
金的黄，玉的白，春酿的绿，秋山的紫，
然后又统统吹散，吹得落英缤纷，
弥漫了高天，铺遍了大地！
秋风啊！习习的秋风啊！
我要赞美我祖国的花！
我要赞美我如花的祖国！

晴　朝

一个迟笨的晴朝，
比年还现长得多，
象条懒洋洋的冻蛇，
从我的窗前爬过。

一阵淡青的烟云
偷着跨进了街心……
对面的一带朱楼
忽都被他咒入梦境。

栗色汽车象匹骄马
休息在老绿阴中，
瞅着他自身的黑影，
连动也不动一动。

傲霜的老健的榆树
伸出一只粗胳膊，
拿在窗前的日光里，
翻金弄绿，不奈乐何。

除了门外一个黑人①
薙草，刮刮地响声渐远，
再没有一息声音——
和平布满了大自然。

和平蜷伏在人人心里；
但是在我的心内
若果也有和平的形迹，
那是一种和平的悲哀。

地球平稳地转着，
一切的都向朝日微笑；
我也不是不会笑，
泪珠儿却先滚出来了。

皎皎的白日啊！
将照遍了朱楼的四面；
永远照不进的是——
游子的漆黑的心窝坎！

一个厌病的晴朝，
比年还过得慢，
象条负创的伤蛇，
爬过了我的窗前。

---

① 本句本作"除了外一个黑人"，据1923年1月13日《清华周刊》第267期改为"除了门外一个黑人"，参见新版《闻一多全集》第1卷第91页。

我是一个流囚

  我是个年壮力强的流囚,
  我不知道我犯的是什么罪。

  黄昏时候,
  他们把我推出门外了,
  幸福的朱扉已向我关上了,
  金甲紫面的门神
  举起宝剑来逐我;
  我只得闯进缜密的黑暗,
  犁着我的道路往前走。

  忽地一座壮阁的飞檐,
  象只大鹏的翅子
  插在浮沤密布的天海上:
  卍字格的窗棂里
  泻出醺人的灯光,黄酒一般地酽;
  哀宕淫热的笙歌,
  被激愤的檀板催窘了,
  螺旋似地锤进我的心房:
  我的身子不觉轻去一半,
  仿佛在那孔雀屏前跳舞了。

啊快乐——严懔的快乐——
抽出他的讥诮的银刀，
把我刺醒了；
哎呀！我才知道——
我是快乐的罪人，
幸福之宫里逐出的流囚，
怎能在这里随便打溷呢？
走罢！再走上那没尽头的黑道罢！
唉！但是我受伤太厉害；
我的步子渐渐迟重了；
我的鲜红的生命，
渐渐染了脚下的枯草！

我是个年壮力强的流囚，
我不知道我犯的是什么罪。

笑

朝日里的秋忍不住笑了——
笑出金子来了——
黄金笑在槐树上，
赤金笑在橡树上，
白金笑在白皮树上。

硕健的杨树，
裹着件拼金的绿衫，
一只手叉着腰，
守在池边微笑；
矮小的丁香
躲在墙脚下微笑。

白杨笑完了，
只孤零零地：
竖在石青色的天空里发呆。

成年了的栗叶，
向西风抱怨了一夜，
终于得了自由，
红着脸儿，
笑嘻嘻地脱离了故枝。

园 内

(序曲)

你开始唱着园内之"昨日",
请唱得像玉杯跌得粉碎,
血色的酒浆溅污了满地;
然后模拟掌中的细沙,
从指缝之间溜出的声响。

你若唱到园内之"今日",
当唱得像似一溪活水,
在旭日光中淙淙流去;
或如村塾里总角的学童,
走珠似地背诵他的课本。

你若会唱园内之"明日",
你当想起我们紫白的校旗,
你便唱出风旗飘舞的节奏;
最末,避席起立,额手致敬,
你又须唱得像军乐交鸣。

(Ⅰ)

寂寥封锁在园内了,

风扇不开的寂寥,
水流不破的寂寥。
麻雀呀!叫呀,叫呀!
放出你那箭镝似的音调,
射破这坚固的寂寥!
但是雀儿终叫不出来,
寂寥还封锁在园内。

在这沉闷的寂寥里,
雨水泡着的朱扉,
才剩下些银红的霞晕:
雨水洗尽了昨日的光荣。
在这沉闷的寂寥里,
金黄釉的琉璃瓦
是条死龙的残鳞败甲,
飘零在四方上下。

在这阴霾的寂寥里,
大理石、云母石、青琅玕、汉白玉,
龟坼的阶墀、矢折的栏柱……
纵横地卧在蓬蒿丛里,
像是曝在沙场上的战骨。

在这悲酸的寂寥里,
长发的柳树还像宫妃,
瞰在胶凝的池边饮泣,饮泣……
半醒的蜗牛在败壁上

拖出了颠斜错杂的篆文，
仿佛一页写错了的历史。

在这恐怖的寂寥里，
尪瘠的月儿常挂在松枝上，
像煞一个缢死的僵尸；
在这恐怖的寂寥里，
疯魔的月儿在松枝上缢死。

在这无聊的寂寥里，
坍碎了的王宫变成一座土地庙①：
颤怯的农夫鬼物似的，
悄悄地溜进园来，
悄悄地烧了香，磕了头，
又悄悄地溜出园去……
寂寥又封锁在园内了。

寂寥封锁在园内了；
风扇不开的寂寥，
水流不破的寂寥……
一切都是沉闷阴霾，
一切都是悲酸恐怖，
一切都是百无聊赖。

---

① 今中等科之东旧有土地庙一所。关于清华学校以前的清华园，请参看《十周年纪念增刊》。——作者注

（Ⅱ）

好了！新生命胎动了！
寂寥的园内生了瑞芝，
紫的灵芝，白的灵芝，
妆点了神秘的羌园。
灵芝生了，新生命来了！

好了，活泼泼的少年
摩肩接踵地挤进园来了。
饿着脑经，烧着心血，
紧张着肌肉的少年，
从长城东头，穿过山海关，
裹着件大氅，跑进园来了；
从长城西尾，穿过潼关，
坐在驴车里拉进园来了。

从三峡的湍流里救出的少年
病怏怏地踱进园里来了；
漂过了南海，漂过了东海，
漂过了黄海，漂过了渤海的少年，
摇着团罗扇，闯进园里来了；
风流倜傥的少年
碧衫儿荡着西湖的波色，
翩翩然飘进园里来了。

少年们来了，灵芝生满园内，
　一切只是新鲜，一切只是明媚，
一切只是希望，一切只是努力；
灵芝不断地在园内苗放，
少年们不断地在园内努力。

(Ⅲ)

于是曙色烘醒了东方，
好像浸渐明晰的思想。
晨鸡叫了，晨星没了，
太阳翻身起来了——
金光镀在紫铜盖的穹窿上，
金光燃在龙鳞似的琉璃瓦上，
金光描在高楼顶的旗杆上，
金光洒在战巍巍的松枝上，
金光吻在少年的桃颊上。

少年在太阳的跸道之旁，
瞻望六龙挽着的云輧发轫，
仿佛诚惶诚恐的村童，
遥望着帝王的法驾西幸，
无限的敬仰，无限的欣羡，
充满了他那蒙稚的心灵。

早起的少年危立在假石山上，
红荷招展在他脚底，

旭日灿烂在他头上，
早起的少年对着新生的太阳
如同对着他的严师，
背诵庄周屈子的鸿文，
背诵沙翁弥氏的巨制。

万籁无声，宇宙在敛息倾听，
驯雀飞于平地来倾听，
金鱼浮上池面来倾听——
少年对着新生的太阳，
背诵着他的生命的课本。

啊！"自强不息"的少年啊！[①]
谁是你的严师！
若非这新生的太阳？

(Ⅳ)

于是夕阳涨破了西方，
赤血喋染了宇宙——
不是赔偿罪恶的代价，
乃是生命澎涨之溢流。
赤血喋染了宇宙，
细草伸出舌头舐着赤血，
绿杨散开乱发沐着赤血。

---

① 不要忘了这是本校的校箴。——作者注

喷水池抛开螺钿镶的银链，
吼着要锁住窜游的夕阳；
夕阳跌倒在喷水池中，
池中是一盆鲜明的赤血。

红砖上更红的爬墙虎，
紫茎里迸出赤叶的爬墙虎，
仿佛是些血管涨破了，
迸出了满墙的红血斑。

赤血澎涨了夕阳的宇宙，
赤血澎涨了少年的血管。
少年们在广场上游戏，
球丸在太空里飞腾，
像是九天上跳踉的巨灵，
戏弄着熄了的太阳一样。

少年们踢着熄了的太阳，
少年们抛着熄了的太阳，
少年们顶着熄了的太阳，
少年们抱着熄了的太阳；
生命澎涨了少年的血管，
少年们在戏弄熄了的太阳。

夕阳里喧呼着的少年们，
赤铜铸的筋骨，
赤铜铸的精神，

在戏弄熄了的太阳。

（Ⅴ）

于是月儿窥进了东园，
宇宙被清光浸满，
宇宙晶凉的海水一般。
宇宙变了清光之海——
银波进入了窗棂，
银波泛滥了庭院，
银波弥漫了大自然，
宇宙沉沦在海底里。

那里有杨柳？那里有松桧？
这水似的晶蓝的空气中，
只有些曼舞的海藻，
只有些鹄立的铁珊瑚，
拱抱着巍峨的大礼堂，
龙宫似的庄严灿烂。

龙宫的闾阖是黄金锤出的，
龙宫的楹柱是白玉雕成的。
哦，莫不是水国的仙人——

这清空灵幻的少年
飘摇在龙宫之东，龙宫之西，
那雍容闲雅的少年

躅踯在龙宫之南，龙宫之北？

少年浮游在海底在，
浮游在清光之海底在，
清光浸入少年的心里，
清光洗在少年的身外。
涤尽浊垢，饮人清光，
少年便是清光之海。

听啊！那里来的歌声？
莫非就是泣珠的鲛人——
莫非是深深海底的鲛人，
坐在紫黑的巉石凳下，
一壁织着愁思之绡，
一壁唱着缠绵之歌？

啊！如此缠绵的歌声，
唱得海水的晶波战栗，
唱得海树的枝叶飕飗，
唱得少年不能仰首，
唱醒了少年的杳恨冥愁。

少年听了缠绵的歌声，
唤起了甜蜜蜜的神圣的绝望，
或是热烘烘的玄秘的隐忧，
一种没由来，没目的，
一知半解的少年愁——

为了茫茫的大千宇宙？
为了滔滔的洪水猛兽？
为了闸不住的情绪之流？
还是抛不下锚的生命之舟？

(Ⅵ)

于是月儿愈渐躲入了西园，
楼房的暗影愈渐伸张弥漫，
列着鹅鹳阵的暗影转战而前，
终于占领了凄凉的庭院。

院中垂头丧气的花木，
是被黑暗拘囚的俘虏；
锁在檐下的紫丁香，
锁在墙脚的迎春柳，
含着露珠儿，含着泪珠儿，
莫不是牛衣对泣的楚囚？

画角哀哀地叫了！
悲壮的画角在黑暗里狂吠，
好像激昂的更犬吠着盗贼；
锐利的角声在空中咬着，
咬破了黑暗的魔术，
咬破了少年的美梦，
少年们揎开美梦，跳起榻床，
少年们已和黑暗宣战了。

哦！静夜的角声如何哭了？
将少年们的心脏哭融了，
五百个战士的心脏融成一个。

楼上点着蜡烛，
楼下点着蜡烛，
少年们正在会议，
少年们正在努力。
三旗营的铜磬报尽了五更，
报道黑暗的行程将尽，
少年们啊！再点上一枝蜡烛，
便撑持过了这黑暗的末路！

曙光回了，新生命又来了！
一切又是新鲜，明媚，
一切又是希望，努力。
饿的脑筋，烧着心血，
紧张着肌肉的少年们，
凭着希望造出了希望；
活泼泼的少年们，
又在园内不断地努力。

(Ⅶ)

然后有一天园内的昨日，
隐入了蒙昧的历史，
园内的今日取代了昨日。

然后风云扰攘的天宇
终竟澈体澄清了……
雍穆的蔚蓝临照了一切。
无垠的蔚蓝的天宇
衬出了金碧辉煌的楼阁。

焕丽雄伟的楼阁
像似皇宫帝阙一般——
蓬莱的晓钟鸣了，
文武的千官，戎狄的臣侄，
群在崔嵬的紫宸殿下，
膜拜着文献之王。

肃静森严的楼阁
又似佛寺梵宇一般——
上方的暮磬响了，
意志猛似龙象的僧侣们，
群在理智之佛像前，
焚着虔诚的香火。

哦，文献的宫殿啊！
哦，理智的寺观啊！
矗峙在蔚蓝的天宇中，
你是东方华胄的学府！
你是世界文化的盟坛！

（Ⅷ）

飘啊！紫白参半的旗哟！
飘啊！化作云气飘摇着！
白云扶着的紫气哟！
氤氲在这"水木清华"的景物上，
好让这里万人的眼望着你，
好让这里万人的心向着你！

这里万人还在猛烈地工作，
像园内的苍松一般工作，
伸出他们的理智的根爪，
挖烂了大地的肌膝，
撕裂了大地的骨骼，
将大地的神髓吸取，
好向中天的红日泄吐。

这里万人还在静默地工作，
像园外的西山一般工作，
静默地滋育了草木，
静默地迸溢了温泉，
静默地驮负了浮图御苑；
春夏他沐着雨露的膏泽，
秋冬他戴着霜雪的伤痕，
但他总是在静默中工作。

这里努力工作的万人，
并不像西方式的机械，
大齿轮绾着小齿轮，
全无意识地转动，
全无目的地转动。
但只为他们的理想工作，
为他们四千年来的理想，
古圣先贤的遗训，努力工作。

云气氤氲的校旗呀！
你在百尺高楼上飘摇着，
近瞩京师，远望长城，
你临照着旧中华的脊骸，
你临照着新中华的心脏。
啊！展开那四千年文化的历史，
警醒万人，启示万人，
赐给他们灵感，赐给他们精神！

云气氤氲的校旗呀！
在东西文化交锋之时，
你又是万人的军旗！
万人肉袒负荆的时间过了，
万人卧薪尝胆的时期过了，
万人要为四千年的文化
与强权霸术决一雌雄！

云气氤氲的校旗呀！

你便是东来的紫气,
你飘出函谷关,向西迈往,
你将挟着我们圣人的灵魂,
渀漫了西土,渀漫了全球!

飘呀!紫白参半的旗呀!
飘呀!化作云气飘摇着!
白云扶着的紫气呀!
氤氲在这"水木清华"的景物上,
莫使这里万人忘了你的意义!
莫使这里万人忘了你的意义!

诗 歌

李白之死

世俗流传太白以捉月骑鲸而终,本属荒诞。此诗所述亦凭臆造,无非欲借以描画诗人的人格罢了。读者不要当作历史看就对了。

我本楚狂人,凤歌笑孔丘。

——李白

一对龙烛已烧得只剩光杆两枝,
却又借回已流出的浓泪的余脂,
牵延着欲断不断的弥留的残火,
在夜的喘息里无效地抖擞振作。
杯盘狼藉在案上,酒坛睡倒在地下,
醉客散了,如同散阵投巢的乌鸦;
只那醉得最很,醉得如泥的李青莲
(全身的骨架如同脱了榫的一般)
还歪倒倒的在花园的椅上堆着,
口里喃喃地,不知道的说些什么。
声音听不见了,嘴唇还喋着不止;
忽地那络着密密红丝网的眼珠子,
(他自身也象一个微小的醉汉)
对着那怯懦的烛焰瞪了半天:
仿佛一只饿狮,发见了一个小兽,
一声不响,两眼睁睁地望他尽瞅;
然后轻轻地缓缓地举起前脚,

便迅雷不及掩耳，忽地往前扑着——
象这样，桌上两对角摆着的烛架，
都被这个醉汉拉倒在地下。

"哼哼！就是你，你这可恶的作怪，"
他从咬紧的齿缝里泌出声音来，
"碍着我的月儿不能露面哪！
月儿啊！你如今应该出来了罢！
哈哈！我已经替你除了障碍，
骄傲的月儿，你怎么还不出来？
你是瞧不起我吗？啊，不错！
你是天上广寒宫里的仙娥，
我呢？不过那戏弄黄土的女娲
散到六合里来的一颗尘沙！①
啊！不是！谁不知我是太白之精？
我母亲没有在梦里会过长庚？②
月儿，我们星月原是同族的，
我说我们本来是很面熟呢！"
在说话时，他没留心那黑树梢头
渐渐有一层薄光将天幕烘透，
几朵铅灰云彩一层层都被烘黄，
忽地有一个琥珀盘轻轻浮上，
（却又象没动似的）他越浮得高，
越缩越下；颜色越褪淡了，直到

---

① "女娲戏黄土，团作愚下人，散在六合间，蒙蒙如沙尘。"——《上云乐》
——作者注
② "惊姜之夕，长庚入梦，故生而名白，以太白字之。"——李阳冰《草堂集序》
——作者注

后来，竟变成银子样的白的亮——
于是全世界都浴着伊的晶光。
簇簇的花影也次第分明起来，
悄悄爬到人脚下偎着，总躲不开——
象个小狮子狗儿睡醒了摇摇耳朵，
又移到主人身边懒洋洋地睡着。
诗人自身的影子，细长得可怕的一条，
竟拖到五步外的栏杆上坐起来了。
从叶缝里筛过来的银光跳荡，
啮着环子的兽面蠢似一朵缩菌，
也鼓着嘴儿笑了，但总笑不出声音。
桌上一切的器皿，接受复又反射
那闪灼的光芒，又好象日下的盔甲。

这段时间中，他通身的知觉都已死去，
那被酒催迫了的呼吸几乎也要停驻；
两眼只是对着碧空悬着的玉盘。
对着他尽看，看了又看，总看不倦。
"啊！美呀！"他叹道，"清寥的美！莹澈的美！
宇宙为你而存吗？你为宇宙而在？
哎呀！怎么总是可望而不可即！
月儿呀月儿！难道我不应该爱你？
难道我们永远便是这样隔着？
月儿，你又总爱涎着脸皮跟着我；
等我被你媚狂了，要拿你下来，
却总攀你不到。唉！这样狠又这样乖！

月啊！你怎同天帝一样地残忍！
我要白日照我这至诚的丹心，
狰狞的怒雷又砰訇地吼我；
我在落雁峰前几次朝拜帝座，①
额撞裂了，嗓叫破了，阊阖还不开。
吾爱啊！帝旁擎着雉扇的吾爱！
你可能问帝，我究犯了那条天律？
把我谪了下来，还不召我回去②
帝啊！帝啊！我这罪过将永不能赎？
帝呀！我将无期地囚在这痛苦之窟？"
又圆又大的热泪滚向膨胀的胸前，
却有水银一般地沉重与灿烂；
又象是刚同黑云碰碎了的明月
溅下来点点的残屑，眩目的残屑。
"帝啊！既遣我来，就莫生他们！"他又讲，
"他们，那般妖媚的狐狸，猜狠的豺狼！
我无心作我的诗，谁想着骂人呢？
他们小人总要忍心地吹毛求疵，
说那是讥诮伊的。哈哈！这真是笑话！
他是个什么人？他是个将军吗？
将军不见得就不该替我脱靴子。
唉！但是我为什么要作那样好的诗？

---

① 李白登华山落雁峰曰："此山最高，呼吸之气想通天帝座矣。恨不携谢朓惊人诗来搔首问青天耳！"——《云仙杂记》——作者注
② 贺知章称白为"摘仙人"。——作者注

这岂不自作的孽，自招的罪？……①
那里？我那里配得上谈诗？不配，不配；
那里？我那里配得上谈诗？不配，不配；
谢玄晖才是千古的大诗人呢！——
那吟'余霞散成绮，澄江净如练'的
谢将军，诗既作的那么好——真好！——
但是那里象我这样地坎坷潦倒？"②
然后，撑起胸膛，他长长地叹了一声。
只自身的影子点点头，再没别的同情？
这叹声，便似平远的沙汀上一声鸟语，
叫不应回音，只悠悠地独自沉没，
终于无可奈何，被宽嘴的寂静吞了。

"啊'澄江净如练，'这种妙处谁能解道？
记得那回东巡浮江的一个春天，——③
两岸旌旗引着腾龙飞虎回绕碧山，——
果然如是，果然是白练满江……
唔？又讲起他的事了？冤枉啊！冤枉！
夜郎有的是酒，有的是月，我岂怨嫌？④
但不记得那天夜半，我被捉上楼船！⑤
我企望谈谈笑笑，学着仲连安石们，

---

① 高力士以脱靴事蓄怨于白。玄宗尝与太真赏花于沉香亭，诏白为乐章；白作"清平调"以献。力士摘之以谮于太真。自是帝每欲重用白，辄为太真所阻。——见《唐书》本传——作者注
② 白生平最服膺谢朓，诗中屡次称道。有句云："解道'澄江净如练'，令人长忆谢玄晖。"——作者注
③ 白尝依永王磷；有《永王东巡歌》十一首。——作者注
④ 永王作乱，事败；自流于夜郎。——作者注
⑤ "半夜水军来，……迫胁上楼船。"——《赠江夏太守》。——作者注

替他们解决些纷纠,扫却了胡尘。①
哈哈!谁又知道他竟起了野心呢?
哦,我竟被人卖了!但一半也怪我自身?"

这样他便将那成灰的心渐渐扇着,
到的又得痛饮一顿,浇熄了愁的火,
谁知道这愁竟象田单的火牛一般:
热油淋着,狂风扇着,越奔火越燃,
毕竟谁烧焦了骨肉,牺牲了生命,
那束刃的采帛却焕成五色的龙文:
如同这样,李白那煎心烙肺的愁焰,
也便烧得他那幻象的轮子急转,
转出了满牙齿上攒着的"丽藻春葩"。
于是他又讲,"月儿!若不是你和他,"
手指着酒壶,"若不是你们的爱护,
我这生活可不还要百倍地痛苦?
啊!可爱的酒!自然赐给伊的骄子——
诗人的恩俸!啊,神奇的射愁的弓矢!
开启琼宫的管钥!琼宫开了:
那里有鸣泉漱石,玲鳞怪羽,仙花逸条;
又有琼瑶的轩馆同金碧的台榭:
还有吹不满旗的灵风推着云车,
满载霓裳缥缈,彩珮玲珑的仙娥,
给人们颁送着驰魂宕魄的天乐。
啊!是一个绮丽的蓬莱的世界。

---

① "但用山东谢安石,为君谈笑静胡沙。"——《永王东巡歌》——作者注
"所冀旄头灭,功成追鲁连。"——《在水军宴赠幕府诸公》——作者注

被一层银色的梦轻轻地锁着在!"

啊!月呀!可望而不可即的明月!
当我看你看得正出神的时节,
我只觉得你那不可思议的美艳,
已经把我全身溶化成水质一团,
然后你那提挈海潮的全副的神力,
把我也吸起,浮向开遍水钻花的
碧玉的草场上;这时我肩上忽展开
一双翅膀,越张越大,在空中徘徊,
如同一只大鹏浮游于八极之表。①
哦,月儿,我这时不敢正眼看你了!
你那太强烈的光芒刺得我心痛。……
忽地一阵清香搅着我的鼻孔,
我吃了一个寒噤,猛开眼一看,……
哎呀!怎地这样一副美貌的容颜!
丑陋的尘世!你那有过这样的副本?
啊!布置得这样调和,又这般端正,
竟同一阕鸾凤和鸣的乐章一般!
哦,我如何能信任我的这双肉眼?
我不相信宇宙间竟有这样的美!
啊,大胆的我哟,还不自惭形秽,
竟敢现于伊前!——啊!笨愚呀糊涂!——
这时我只觉得头昏眼花,血凝心沤;
我觉得我是污烂的石头一块,

---

① "余昔于江陵,见天台司马子微,谓余有仙风道骨,可与神游八极之表。因著《大鹏遇希有鸟赋》以自广。"——《大鹏赋序》——作者注

被上界的清道夫抛掷了下来，
掷到一个无垠的黑暗的虚空里，
坠降，坠降，永无着落，永无休止！

月儿初还在池下丝丝柳影后窥看，
象沐罢的美人在玻璃窗口晾发一般；
于今却已姗姗移步出来，来到了池西；
夜飔的私语不知说破了什么消息，
池波一皱，又惹动了伊娴静的微笑。
沉醉的诗人忽又战巍巍地站起了，
东倒西歪地挨到池边望着那晶波。
他看见这月儿，他不觉惊讶地想着：
如何这里又有一个伊呢？奇怪！奇怪！
难道天有两个月，我有两个爱？
难道刚才伊送我下来时失了脚，
掉在这池里了吗？——这样他正疑着……
他脚底下正当活泼的小涧注入池中，
被一丛刚劲的菖蒲鲠塞了喉咙，
便咯咯地咽着，象喘不出气的呕吐。
他听着吃了一惊，不由得放声大哭：
"哎呀！爱人啊！淹死了，已经叫不出声了！"
他翻身跳下池去了，便向伊一抱，
伊已不见了，他更惊慌地叫着，
却不知道自己也叫不出声了！
他挣扎着向上猛踊，再昂头一望，
又见圆圆的月儿还平安地贴在天上。
他的力已尽了，气已竭了，他要笑，
笑不出了，只想道："我已救伊上天了！"

剑　匣[①]

I built my soul a lordly pleasure-house,

Wherein at ease for aye to dwell.

……

And 'While the world runs round and round.'

I said, 'Reign thou apart, a quiet king,

Still as, while Saturn whirls, his steadfast shade

Sleeps on his luminous ring'.

To which my soul made answer readily:

'Trust me in bliss I shall abide

In this great mansion, that is built for me,

So royal-rich and wide'.

——Tennyson——

在生命的大激战中，

我曾是一名盖世的骁将。

[①] 此诗引自英国诗人丁尼生《艺术的宫殿》，诗人绿原译为：
我为我的灵魂筑起一栋巍峨的别馆，
好让它在里面优游岁月直到永远。
……
而"当世界兜着圈子奔忙时，"我说
"你在一旁临御着，像一位无为的国王，
宁静有如土星旋转之际，它稳定的阴影
停落在它灿烂的光环之上。"
于是我的灵魂立刻作出答复：
"哦，让我享此天福，我将安居
在如此富丽而宽广的
这座为我而筑的华屋。"
　　　　　　　　　　——丁尼生

我走到四面楚歌的末路时，
并不同项羽那般顽固，
定要投身于命运的罗网。
但我有这绝岛作了堡垒，
可以永远驻札我的退败的心兵。
在这里我将养好了我的战创，
在这里我将忘却了我的仇敌。

在这里我将作个无名的农夫，
但我将让闲惰的芜蔓
蚕食了我的生命之田。
也许因为我这肥泪的无心的灌溉，
一旦芜蔓还要开出花来呢？
那我就整日徜徉在田塍上，
饱喝着他们的明艳的色彩。
我也可以作个海上的渔夫：
我将撒开我的幻想之网。
在寥阔的海洋里；
在放网收网之间，
我可以坐在沙岸上做我的梦，
从日出梦到黄昏……
假若撒起网来，不是一些鱼虾，
只有海树珊瑚同含胎的老蚌，
那我却也喜出望外呢。
有时我也可佩佩我的旧剑，
踱山进去作个樵夫。
但群松舞着葱翠的干戚，

雍容地唱着歌儿时,
我又不觉得心悸了。
我立刻套上我的宝剑,
在空山里徘徊了一天。
有时看见些奇怪的彩石,
我便拾起来,带了回去;
这便算我这一日的成绩了。

但这不是全无意识的。
现在我得着这些材料,
我真得其所了:
我可以开始我的工匠生活了,
开始修葺那久要修葺的剑匣。

我将摊开所有的珍宝,
陈列在我面前,
一样样的雕着,镂着,
磨着,重磨着……
然后将他们都镶在剑匣上,——
用我的每出的梦作蓝本,
镶成各种光怪陆离的图画。

我将描出白面美髯的太乙
卧在粉红色的荷花瓣里,
在象牙雕成的白云里飘着。
我将用墨玉同金丝
制出一只雷纹商嵌的香炉;

那炉上驻着袅袅的篆烟，
许只可用半透明的猫儿眼刻着。
烟痕半消未灭之处，
隐约地又升起了一个玉人，
仿佛是肉袒的维纳司呢……
这块玫瑰玉正合伊那肤色了。
晨鸡惊耸地叫着，
我在蛋白的曙光里工作，
夜晚人们都睡去，我还作着工——
烛光抹在我的直陡的额上，
好象紫铜色的晚霞
映在精赤的悬崖上一样。

我又将用玛瑙雕成一尊梵像，
三首六臂的梵像，
骑在鱼子石的象背上。
珊瑚作他口里含着的火，
银线辫成他腰间缠着的蟒蛇，
他头上的圆光是块琥珀的圆璧。
我又将镶出一个瞎人
在竹筏上弹着单弦的古瑟。
（这可要镶得和王叔远的
桃核雕成的《赤壁赋》一般精细。）
然后让翡翠，蓝珩玉，紫石瑛，
错杂地砌成一片惊涛骇浪；
再用碎砾的螺钿点缀着，
那便是涛头闪目的沫花了。

上面再笼着一张乌金的穹窿，
只有一颗宝钻的星儿照着。

春草绿了，绿上了我的门阶，
我同春一块儿工作着：
蟋蟀在我床下唱着秋歌，
我也唱着歌儿作我的活。

我一壁工作着，一壁唱着歌：
我的歌里的律吕
都从手指尖头流出来，
我又将他制成层叠的花边：
有盘龙，对凤，天马，辟邪的花边，
有芝草，玉莲，万字，双胜的花边，
又有各色的汉纹边
套在最外的一层边外。

若果边上还缺些角花，
把蝴蝶嵌进去应当恰好。
玳瑁刻作梁山伯，
璧玺刻作祝英台，
碧玉，赤瑛，白玛瑙，蓝琉璃，……
拼成各种彩色的凤蝶。
于是我的大功便告成了！
哦，我的大功告成了！
你不要轻看了我这些工作！
这些不伦不类的花样，

你该知道不是我的手笔,
这都是梦的原稿的影本。
这些不伦不类的色彩,
也不是我的意匠的产品,
是我那芜蔓的花儿开出来的。
你不要轻看了我这些工作哟!

哦,我的大功告成了!
我将抽出我的宝剑来——
我的百炼成钢的宝剑,
吻着他吻着他……
吻去他的锈,吻去他的伤疤;
用热泪洗着他,洗着他……
洗净他上面的血痕,
洗净他罪孽的遗迹;
又在龙涎香上熏着他,
熏去了他一切腥膻的记忆。
然后轻轻把他送进这匣里,
唱着温柔的歌儿,
催他快在这艺术之宫中酣睡。

哦,哦,我的大功告成了!
我的大功终于告成了!
人们的匣是为保护剑的锋铓,
我的匣是要藏他睡觉的。
哦,我的剑匣修成了,
我的剑有了永久的归宿了!

哦，我的剑要归寝了！
我不要学轻佻的李将军，
拿他的兵器去射老虎，
其实只射着一块僵冷的顽石。
哦，我的剑要归寝了！
我也不要学迂腐的李翰林，
拿他的兵器去割流水，
一壁割着，一壁水又流着。
哦！我的兵器只要韬藏，
我的兵器只要酣睡。
我的兵器不要斩芟奸横，
我知道奸横是僵冷的顽石一堆；
我的兵器也不要割着愁苦，
我知道愁苦是割不断的流水。

哦，我的大功告成了！
让我的宝剑归寝了！
我岂似滑头的汉高祖，
拿宝剑斫死了一条白蛇，
因此造一个谣言，
就骗到了一个天下？
哦！天下，我早已得着了啊！
我早坐在艺术的凤阙里，
象大舜皇帝，垂裳而治着
我的波希米亚的世界了啊！
哦！让我的宝剑归寝罢！
我又岂似无聊的楚霸王，

拿宝剑斫掉多少的人头,
一夜梦回听着恍惚的歌声,
忽又拥着爱姬,抚着名马,
提起原剑来刎了自己的颈?

哦!但我又不妨学了楚霸王,
用自己的宝剑自杀了自己。
不过果然我要自杀,
定不用这宝剑的锋铓。
我但愿展玩着这剑匣——
展玩着我这自制的剑匣,
我便昏死在他的光彩里!

哦,我的大功告成了!
我将让宝剑在匣里睡着觉,
我将摩抚着这剑匣,
我将宠媚着这剑匣,——
看着缠着神蟒的梵像,
我将巍巍地抖颤了,
看看筏上鼓瑟的瞎人,
我将号咷地哭泣了;
看看睡在荷瓣里的太乙,
飘在篆烟上的玉人,
我又将迷迷地嫣笑了呢!

哦,我的大功告成了!
我将让宝剑在匣里睡着。

我将看着他那光怪的图画，
重温我的成形的梦幻，
我将看着他那异彩的花边，
再唱着我的结晶的音乐。

啊！我将看着，看着，看着，
看到剑匣战动了，
模糊了，更模糊了
一个烟雾弥漫的虚空了，……

哦！我看到肺脏忘了呼吸，
血液忘了流驶，
看到眼睛忘了看了。
哦！我自杀了！
我用自制的剑匣自杀了！
哦哦！我的大功告成了！

雨 夜

几朵浮云，仗着雷雨的势力，
把一天的星月都扫尽了。
一阵狂风还喊来要捉那软弱的树枝，
树枝拼命地扭来扭去，
但是无法躲避风的爪子。

凶狠的风声，悲酸的雨声——
我一壁听着，一壁想着；
假使梦这时要来找我，
我定要永远拉着他，不放他走；
还剜出我的心来送他作贺礼，
他要收我作个莫逆的朋友。
风声还在树里呻吟着，
泪痕满面的曙天白得可怕，
我的梦依然没有做成。
哦！原来真的已被我厌恶了，
假的就没他自身的尊严吗？

雪

夜散下无数茸毛似的天花。
织成一片大氅，
轻轻地将憔悴的世界，
从头到脚地包了起来；
又加了死人一层殓衣。

伊将一片鱼鳞似的屋顶埋起了，
却总埋不住那屋顶上的青烟缕。
啊！缕缕蜿蜒的青烟啊！
仿佛是诗人向上的灵魂，
穿透自身的躯壳：直向天堂迈往。

高视阔步的风霜蹂躏世界，
森林里抖颤的众生争斗多时，
最末望见伊的白氅，
都欢声喊道："和平到了！奋斗成功了！
这不是冬投降的白旗吗？"

睡 者

灯儿灭了，人儿在床；
月儿的银潮
沥过了叶缝，冲进了洞窗，
射到睡觉的双靥上，
跟他亲了嘴儿又偎脸，
便洗净一切感情的表象，
只剩下了如梦幻的天真，
笼在那连耳目口鼻
都分不清的玉影上。

啊！这才是人的真色相！
这才是自然的真创造！
自然只此一副模型；
铸了月面，又铸人面。

哦！但是我爱这睡觉的人，
他醒了我又怕他呢！
我越看这可爱的睡容，
想起那醒容，超发可怕。
啊！让我睡了，躲脱他的醒罢！
可是瞌睡象只秋燕，
在我眼帘前掠了一周，

忽地翻身飞去了,
不知几时才能得回来呢?

月儿,将银潮密密地酌着!
睡觉的,撑开枯肠深深地喝着!
快酌,快喝!喝着,睡着!
莫又醒了,切莫醒了!
但是还响点擂着,鼖雷!
我只爱听这自然的壮美的回音,
他警告我这时候
那人心宫的禁闼大开,
上帝在里头登极了!

二月庐

面对一幅淡山明水的画屏，
在一块棋盘似的稻田边上，
蹲着一座看棋的瓦屋——
紧紧地被捏在小山的拳心里。

柳荫下睡着一口方塘；
聪明的燕子——伊唱歌儿
偏找到这里，好听着水面的
回声，改正音调的错儿。

燕子！可听见昨夜那阵冷雨？
西风的信来了，催你快回去。
今年去了，明年，后年，后年以后，
一年回一度的还是你吗？
啊？你的爆裂得这样音响，
迸出些什么压不平的古愁！
可怜的鸟儿，你诉给谁听？
那知道这个心也碎了哦！

诗 人

人们说我有些象一颗星儿，
无论怎样光明，只好作月儿的伴，
总不若灯烛那样有用——
还要照着世界作工，不徒是好看。

人们说春风把我吹燃，是火样的薇花，
再吹一口，便变成了一堆死灰；
剩下的叶儿象铁甲，刺儿象蜂针，
谁敢抱进他的赤裸的胸怀？

又有些人比我作一座遥山：
他们但愿远远望见我的颜色，
却不相信那白云深处里，
还别有一个世界——一个天国。

其余的人或说这样，或说那样，
只是说得对的没有一个。
"谢谢朋友们！"我说，"不要管我了，
你们那样忙，那有心思来管我？

你们在忙中觉得热闷时，
风儿吹来，你们无心地喝下了，
也不必问是谁送来的，
自然会觉得他来的正好！"

快　乐

快乐好比生机：
生机的消息传到伊甸，
群花便立刻
披起五光十色的绣裳。

快乐跟我的
灵魂接了吻，我的世界
忽变成天堂，
住满了柔艳的安琪儿！

回 顾

九年的清华的生活，
回头一看——
是秋夜里一片沙漠，
却露着一颗萤火，
越望越光明，
四围是迷茫莫测的凄凉黑暗。
这是红惨绿娇的暮春时节：
如今到了荷池——
寂静的重量正压着池水
连面皮也皱不动——
一片死静！
忽地里静灵退了，
镜子碎了，
个个都喘气了。
看！太阳的笑焰———一道金光，
滤过树缝，洒在我额上；
如今羲和替我加冕了，
我是全宇宙的王！

失 败

从前我养了一盆宝贵的花儿,
好容易孕了一个苞子,
但总是半含半吐的不肯放开。
我等发了急,硬把他剥开了,
他便一天萎似一天,萎得不象样了。
如今我要他再关上不能了。
我到底没有看见我要看的花儿!

从前我做了一个稀奇的梦,
我总嫌他有些太模糊了,
我满不介意,让他震破了;
我醒了,直等到月落,等到天明,
重织一个新梦既织不成,
便是那个旧的也补不起来了。
我到底没有做好我要做的梦!

游戏之祸

我酌上蜜酒，烧起沉檀，
游戏着膜拜你：
沉檀烧地太狂了，
我忙拿蜜酒来浇他；
谁知越浇越烈，
竟惹了焚身之祸呢！

花儿开过了

花儿开过了，果子结完了：
一春的香雨被一夏的骄阳炙干了，
一夏的荣华被一秋的馋风扫尽了。
如今败叶枯枝，便是你的余剩了。

天寒风紧，冻哑了我的心琴；
我惯唱的颂歌如今竟唱不成。
但是，且莫伤心，我的爱，
琴弦虽不鸣了，音乐依然在。

只要灵魂不灭，记忆不死，纵使
你的荣华永逝（这原是没有的事），
我敢说那已消的春梦的余痕，
还永远是你我的生命的生命！

况且永继的荣华，顿刻的凋落——
两两相形，又算得了些什么？
今冬的假眠，也不过是明春的
更烈的生命所必需的休息。

所以不怕花残，果烂，叶败，枝空，
那缜密的爱的根网总没一刻放松；

他总是绊着，抓着，咬着我的心，
他要抽尽我的生命供给你的生命！

爱啊！上帝不曾因青春的暂退，
就要将这个世界一齐捣毁，
我也不曾因你的花儿暂谢，
就敢失望，想另种一朵来代他！

十一年一月二日作

哎呀!自然的太失管教的骄子!
你那内蕴的灵火!不是地狱的毒火,
如今已经烧得太狂了,
只怕有一天要爆裂了你的躯壳。

你那被爱蜜饯了的肥心,人们讲,
本是为滋养些嬉笑的花儿的。
如今却长满了愁苦的荆棘——
他的根已将你的心越捆越紧,越缠越密。
上帝啊!这到底是什么用意?

唉!你(只有你)真正了解生活的秘密,
你真是生活的唯一的知己,
但生活对你偏是那样地凶残:
你看!又是一个新年——好可怕的新年!——
张着牙戟齿锯的大嘴招呼你上前;
你退既不能,进又白白地往死嘴里钻!

高步远蹴的命运
从时间的没究竟的大道上踱过;
我们无足轻重的蚊子
糊里糊涂地忙来忙去,不知为什么,

忽地里就断送在他的脚跟的……
但是，那也对啊！……死！你要来就快来，
快来断送了这无边的痛苦！
哈哈！死，你的残忍，乃在我要你时，你不来，
如同生，我不要他时，他偏存在！

青 春

青春象只唱着歌的鸟儿，
已从残冬窟里闯出来，
驶入宝蓝的穹窿里去了。

神秘的生命，
在绿嫩的树皮里膨胀着，
快要送出带鞘子的，
翡翠的芽儿来了。

诗人呵！揩干你的冰泪，
快预备着你的歌儿，
也赞美你的苏生罢！

宇　宙

宇宙是个监狱，
但是个模范监狱；
他的目的在革新，
并不在惩旧。

香　篆

辗转在眼帘前，
萦回在鼻观里，
锤旋在心窝头——

心爱的人儿啊！
这样清幽的香，
只堪供祝神圣的你：

我祝你黛发长青！
又祝你朱颜长姣！
同我们的爱万寿无疆！

国　手

　　　　　爱人啊！你是个国手，
　　　　　我们来下一盘棋；
　　　　　我的目的不是要赢你，
　　　　　但只求输给你——
　　　　　将我的灵和肉
　　　　　输得干干净净！

春 寒

春啊！
正似美人一般，
无妨瘦一点儿！

钟　声

钟声报得这样急——
时间之海的记水标哦!
是记涨呢,还是记落呢!——
是报过去的添长呢?
还是报未来的消缩呢?

爱之神
——题画

啊！这么俊的一副眼睛——
两潭渊默的清波！
可怜孱弱的游泳者哟！
我告诉你回头就是岸了！

啊！那潭岸上的一带榛薮，
好分明的黛眉啊！
那鼻子，金字塔式的小丘，
恐怕就是情人的茔墓罢？

那里，不是两扇朱扉吗？
红得象樱桃一样，
扉内还露着编贝的屏风。
这里又不知安了什么陷阱！

啊！莫非是伊甸之乐园？
还是美的家宅，爱的祭坛？
吓！不是，都不是哦！
是死魔盘踞着的一座迷宫！

谢罪以后

朋友，怎样开始？这般结局？
"谁实为之？"是我情愿，是你心许？
朋友，开始结局之间，
演了一出浪漫的悲剧；
如今戏既演完了，
便将那一页撕了下去，
还剩下了一部历史，
恐十倍地庄严，百般地丰富，——
是更生的灵剂，乐园的基础！

朋友！让舞台上的经验，短短长长，
是恩爱，是仇雠，尽付与时间的游浪。
若教已放下来的绣幕，
永作隔断记忆的城墙；
台上的记忆尽可隔断，
但还有一篇未成的文章，
是在登台以前开始作的。
朋友！你为什么不让他继续添长，
完成一件整的艺术品？你试想想！

朋友！我们来勉强把悲伤葬着，
让我们的胸膛做了他的坟墓；

让忏悔蒸成湿雾，
糊湿了我们的眼睛也可；
但切莫把我们的心，
冷的变成石头一个，
让可怕的矜骄的刀子
在他上面磨成一面的锋，两面的锷。
朋友，知道成锋的刀有个代价么？

忏　悔

啊！浪漫的生活啊！
是写在水面上的个"爱"字，
一壁写着，一壁没了；
白搅动些痛苦的波轮。

黄 鸟

哦！森林的养子，
太空的血胤
不知名的野鸟儿啊！

黑缎的头帕，
蜜黄的羽衣，
镶着赤铜的喙爪——
啊！一只鲜明的火镞，
那样癫狂地射放，
射翻了肃静的天宇哦！

象一块雕镂的水晶，
艺术纵未完成，
却永映着上天的光彩——
这样便是他吐出的
那阕雅健的音乐呀！
啊！希腊式的雅健！

野心的鸟儿啊！
我知道你喉咙里的
太丰富的歌儿
快要噎死你了：

但是从容些吐着!
吐出那水晶的谐音,
造成艺术之宫,
让一个失路的灵魂
早安了家罢!

艺术的忠臣

无数的人臣,仿佛真珠
钻在艺术之王的龙衮上,
一心同赞御容的光采;
其中只有济慈一个人
是群龙拱抱的一颗火珠。
光芒赛过一切的珠子。

诗人的诗人啊!
满朝的冠盖只算得
些艺术的名臣,
只有你一人是个忠臣。
"美即是真,真即美。"
我知道你那栋梁之材,
是单给这个真命天子用的;
别的分疆割据,属国偏安,
那里配得起你哟!

啊!"鞠躬尽瘁,死而后已:"
真个做了艺术的殉身者!
忠烈的亡魂啊!
你的名字没写在水上[①],
但铸在圣朝的宝鼎上了!

---

① 水上见济慈的"Ode to a grecian urn"。济慈自撰的墓铭曰:"这儿有一个人的名字写在水上了!"——作者注

诗 债

小小的轻圆的诗句,
是些当一的制钱——
在情人的国中
贸易死亡的通宝。

爱啊!慷慨的债主啊!
不等我偿清诗债
就这么匆忙地去了,
怎样也挽留不住。

但是字串还没毁哟!
这永欠的本钱,
仍然在我账本上,
息上添息地繁衍。

若有一天你又回来,
爱啊!要做 Shylock① 吗?
就把我心上的肉,
和心一起割给你罢!

---

① 夏洛克,莎士比亚戏剧《威尼斯商人》中的角色。

别　后

哪！那不速的香吻，
没关心的柔词……
啊！热情献来的一切的赘礼，
当时都大意地抛弃了，
于今却变作记忆的干粮，
来充这旅途的饥饿。

可是，有时同样的馈仪，
当时珍重地接待了，抚宠了；
反在记忆之领土里
刻下了生憎惹厌的痕迹。

啊！谁道不是变幻呢？
顷刻之间，热情与冷淡，
已经百度的乘除了。

谁道不是矛盾呢？
一般的香吻，一样的柔词，
才冷僵了骨髓，
又烧焦了纤维。

恶作剧的疟魔呀！

到底是谁遣你来的？
你在这一隙驹光之间，
竟教我更迭地
作了冰炭的化身！
恶作剧的疟魔哟！

孤　雁

不幸的失群的孤客！
谁教你抛弃了旧侣，
拆散了阵字，
流落到这水国的绝塞，
拼着寸磔的愁肠，
泣诉那无边的酸楚？

啊！从那浮云的密幕里，
迸出这样的哀音；
这样的痛苦！这样的热情！

孤寂的流落者！
不须叫喊得哟！
你那沉细的音波，
在这大海的惊雷里，
还不值得那涛头上
溅破的一粒浮沤呢！

可怜的孤魂啊！
更不须向天回首了。
天是一个无涯的秘密，
一幅蓝色的谜语，

太难了，不是你能猜破的。
也不须向海低头了。
这辱骂高天的恶汉，
他的咸卤的唾沫
不要溃湿了你的翅膀，
粘滞了你的行程！

流落的孤禽啊！
到底飞往那里去呢？
那太平洋的彼岸，
可知道究竟有些什么？

啊！那里是苍鹰的领土——
那鸷悍的霸王啊！
他的锐利的指爪，
已撕破了自然的面目，
建筑起财力的窝巢。
那里只有铜筋铁骨的机械，
喝醉了弱者的鲜血，
吐出些罪恶的黑烟，
涂污我太空，闭熄了日月，
教你飞来不知方向，
息去又没地藏身啊！

流落的失群者啊！
到底要往那里去？
随阳的鸟啊！

光明的追逐者啊！
不信那腥臊的屠场，
黑黯的烟灶，
竟能吸引你的踪迹！
归来罢，失路的游魂！
归来参加你的伴侣，
补足他们的阵列！
他们正引着颈望你呢。

归来偃卧在霜染的芦林里，
那里有校猎的西风，
将茸毛似的芦花，
铺就了你的床褥
来温暖起你的甜梦。

归来浮游在温柔的港溆里，
那里方是你的浴盆。
归来徘徊在浪舐的平沙上。
趁着溶银的月色，
婆娑着戏弄你的幽影。

归来罢，流落的孤禽！
与其尽在这水国的绝塞，
拚着寸磔的愁肠，
泣诉那无边的酸楚，
不如櫂翅回身归去罢！

啊！但是这不由分说的狂飙
挟着我不息地前进；
我脚上又带着了一封信，
我怎能抛却我的使命，
由着我的心性
回身櫂翅归去来呢？

太平洋舟中见一明星

鲜艳的明星哪！——
太阴的嫡裔，
月儿同胞的小妹——
你是天仙吐出的玉唾，
溅在天边？
还是鲛人泣出的明珠，
被海涛淘起？

哦！我这被单调的浪声
摇睡了的灵魂，
昏昏睡了这么久，
毕竟被你唤醒了哦，
灿烂的宝灯啊！
我在昏沉的梦中，
你将我唤醒了，
我才知道我已离了故乡，
贬斥在情爱的边徼之外——
飘簸在海涛上的一枚钓饵。

你又唤醒了我的大梦——
梦外包着的一层梦！
生活呀！苍茫的生活呀！

也是波涛险阻的大海哟!
是情人的眼泪的波涛,
是壮士的血液的波涛。

鲜艳的星,光明的结晶啊!
生命之海中的灯塔!
照着我罢!照着我罢!
不要让我碰了礁滩!
不要许我越了航线;
我自要加进我的一勺温泪,
教这泪海更咸;
我自要倾出我的一腔热血,
教这血涛更鲜!

记 忆

记忆溃起苦恼的黑泪,
在生活的纸上写满蝇头细字:
生活的纸可以撕成碎片,
记忆的笔迹永无磨灭之时。

啊!友谊的悲剧,希望的挽歌,
情热的战史,罪恶的供状——
啊!不堪卒读的文词哦!
是记忆的亲手笔,悲哀的旧文章!

请弃绝了我罢,拯救了我罢!
智慧哟!钩引记忆的奸细!
若求忘却那悲哀的文章,
除非要你赦脱了你我的关系!

秋 色
——芝加哥洁阁森公园里

诗情也似并刀快，剪得秋光入卷来。

——陆游

紫得象葡萄似的洞水
翻起了一层层金色的鲤鱼鳞。

几片剪形的枫叶，
仿佛朱砂色的燕子，
颠斜地在水面上
旋着，掠着，翻着，低昂着……

肥厚得熊掌似的
棕黄色的大橡叶，
在绿茵上狼藉着。
松鼠们张张慌慌地
在叶间爬出爬进，
搜猎着他们来冬的粮食。

成了年的栗叶
向西风抱怨了一夜，
终于得了自由，
红着干燥的脸儿，
笑嘻嘻地辞了故枝。

白鸽子，花鸽子，
红眼的银灰色的鸽子，
乌鸦似的黑鸽子，
背上闪着紫的绿的金光——
倦飞的众鸽子在阶下集齐了，
都将喙子插在翅膀里，
寂静悄静地打盹了。

水似的空气泛滥了宇宙；
三五个活泼泼的小孩，
（披着桔红的黄的黑的毛绒衫）
在丁香丛里穿着，
好象戏着浮萍的金鱼儿呢。

是黄浦江上林立的帆樯？
这数不清的削瘦的白杨
只竖在石青的天空里发呆。

倜傥的绿杨象位豪贵的公子，
裹着件平金的绣蟒，
一只手叉着腰身，
照着心烦的碧玉池，
玩媚着自身的模样儿。

凭在十二曲的水晶栏上，
晨曦瞰着世界微笑了，
笑出金子来了——

黄金笑在槐树上，
赤金笑在橡树上，
白金笑在白松皮上。

哦，这些树不是树了！
是些绚缦的祥云——
琥珀的云，玛瑙的云，
灵风扇着，旭日射着的云。
哦！这些树不是树了，
是百宝玲珑的祥云。

哦，这些树不是树了，
是紫禁城里的宫阙——
黄的琉璃瓦，
绿的琉璃瓦；
楼上起楼，阁外架阁……
小鸟唱着银声的歌儿，
是殿角的风铃的共鸣。
哦！这些树不是树了，
是金碧辉煌的帝京。

啊！斑斓的秋树啊！
陵阳公样的瑞锦，
土耳其的地毯，
Notre Dame[①] 的蔷薇窗，

---

① Notre Dame——巴黎圣母教堂。

Fra AngeLico① 的天使画，
都不及你这色彩鲜明哦！

啊！斑斓的秋树啊！
我羡煞你们这浪漫的世界。
这波希米亚的生活！
我羡煞你们的色彩！

哦！我要请天孙织件锦袍，
给我穿着你的色彩！
我要从葡萄，桔子，高粱……里
把你榨出来，喝着你的色彩！
我要借义山济慈的诗
唱着你的色彩！

在蒲寄尼的 La Boheme② 里，
在七宝烧的博山炉里，
我还要听着你的色彩，
嗅着你的色彩！

哦！我要过这个色彩的生活，
和这斑斓的秋树一般！

---

① Fra AngeLiao——意大利画家（1387—1455）。
② La Boheme——《波西米亚》，歌剧名。意大利音乐家蒲寄尼作曲。

秋深了

秋深了,人病了。
人敌不住秋了;
整日拥着件大氅,
象只煨灶的猫,
蜷在摇椅上摇……摇……摇……
想着祖国,
想着家庭,
想着母校,
想着故人,
想着不胜想,不堪想的胜境良朝。

春的荣华逝了,
夏的荣华逝了;
秋在对面嵌白框窗子的
金字塔似的木板房子檐下,
抱着香黄色的破头帕,
追想春夏已逝的荣华;
想的伤心时,
飒飒地洒下几点黄金泪。

啊!秋是追想的时期!
秋是堕泪的时期!

秋之末日

和西风酗了一夜的酒,
醉得颠头跌脑,
洒了金子扯了锦绣,
还呼呼地吼个不休。

奢豪的秋,自然的浪子哦!
春夏辛苦了半年,
能有多少的积蓄,
来供你这般地挥霍呢?
如今该要破产了罢!

废 园

一只落魄的蜜蜂，
象个沿门托钵的病僧，
游到被秋雨踢倒了的
一堆烂纸似的鸡冠花上，
闻了一闻，马上飞走了。

啊！零落的悲哀哟！
是蜂的悲哀？是花的悲哀？

小　溪

铅灰色的树影，
是一长篇恶梦，
横压在昏睡着的
小溪的胸膛上。
小溪挣扎着，挣扎着……
似乎毫无一点影响。

稚　松

　　　　　　　他在夕阳的红纱灯笼下站着，
　　　　　　　他扭着颈子望着你，
　　　　　　　他散开了藏着金色圆眼的，
　　　　　　　海绿色的花翎——层层的花翎。
　　　　　　　他象是金谷园里的
　　　　　　　一只开屏的孔雀罢？

烂　果

　　　　　　我的肉早被黑虫子咬烂了。
　　　　　　我睡在冷辣的青苔上，
　　　　　　索性让烂的越加烂了，
　　　　　　只等烂穿了我的核甲。
　　　　　　烂破了我的监牢，
　　　　　　我的幽闭的灵魂
　　　　　　便穿着豆绿的背心，
　　　　　　笑迷迷地要跳出来了！

色 彩

生命是张没价值的白纸，
自从绿给了我发展，
红给了我情热，
黄教我以忠义，
蓝教我以高洁，
粉红赐我以希望，
灰白赠我以悲哀；
再完成这帧彩图，
黑还要加我以死。

从此以后，
我便溺爱于我的生命，
因为我爱他的色彩。

梦 者

假如那绿晶晶的鬼火
是墓中人的
梦里迸出的星光,
那我也不怕死了!

红　豆

一

红豆似的相思啊！
一粒粒的
坠进生命的磁坛里了……
听他跳激的音声，
这般凄楚！
这般清切！

二

相思着了火，
有泪雨洒着，
还烧得好一点；
最难禁的，
是突如其来，
赶不及哭的干相思。

三

意识在时间的路上旅行：
每逢插起一杆红旗之处，

那便是——
相思设下的关卡,
挡住行人,
勒索路捐的。

四

袅袅的篆烟啊!
是古丽的文章,
淡写相思的诗句。

五

比方有一屑月光,
偷来匍匐在你枕上,
刺着你的倦眼,
撩得你整夜不着,
你讨厌他不?
那么这样便是相思了!

六

相思是不作声的蚊子,
偷偷地咬了一口,
陡然痛了一下,
以后便是一阵的奇痒。

七

我的心是个没设防的空城,
半夜里忽被相思袭击了,
我的心旌
只是一片倒降;
我只盼望——
他恣情屠烧一回就去了;
谁知他竟永远占据着,
建设起宫墙来了呢?

八

有两样东西,
我总想撇开,
却又总舍不得:
我的生命,
同为了爱人儿的相思。

九

爱人啊!
将我作经线,
你作纬线,
命运织就了我们的婚姻之锦;
但是一帧回文锦哦!

横看是相思。

直看是相思，

顺看是相思。

倒看是相思，

斜看正看都是相思，

怎么看也看不出团圞二字。

十

我俩是一体了！

我们的结合，

至少也和地球一般圆满。

但你是东半球，

我是西半球。

我们又自己放着眼泪。

做成了这苍莽的太平洋。

隔断了我们自己。

十一

相思枕上的长夜，

怎样的厌厌难尽啊！

但这才是岁岁年年中之一夜，

大海里的一个波涛。

爱人啊！

叫我又怎样泅过这时间之海？

十二

我们有一天
相见接吻时,
若是我没小心,
掉出一滴苦泪,
渍痛了你的粉颊,
你可不要惊讶!
那里有多少年的
生了锈的情热的成分啊!

十三

我到底是个男子!
我们将来见面时,
我能对你哭完了,
马上又对你笑。
你却不必如此;
你可以仰面望着我,
象一朵湿蔷薇,
在霁后的斜阳里,
慢慢儿晒干你的眼泪。

十四

我把这些诗寄给你了,

这些字你若不全认识,
那也不要紧。
你可以用手指
轻轻摩着他们,
象医生按着病人的脉,
你许可以试出
他们紧张地跳着,
同你心跳的节奏一般。

十五

古怪的爱人儿啊!
我梦时看见的你
是背面的。

十六

在雪黯风骄的严冬里,
忽然出了一颗红日;
在心灰意冷的情绪里,
忽然起了一阵相思——
这都是我没料定的。

十七

讨诗债的债主
果然回来了!

我先不妨
倾了我的家资还着。
到底实在还不清了,
再剜出我的心头肉,
同心一起付给他罢。

十八

我昼夜唱着相思的歌儿。
他们说我唱得形容憔悴了,
我将浪费了我的生命。
相思啊!
我颂了你吗?
我是吐尽明丝的蚕儿,
死是我的休息;
我诅了你吗?
我是吐出毒剑的蜂儿,
死是我的刑罚。

十九

我是只惊弓的断雁,
我的嘴要叫着你,
又要衔着芦苇,
保障着我的生命。
我真狼狈哟!

二〇

扑不灭的相思,
莫非是生命之原上的野烧?
株株小草的绿意,
都要被他烧焦了啊!

二一

深夜若是一口池塘,
这飘在他的黛漪上的
淡白的小菱花儿,
便是相思的花儿了,
哦!他结成青的,血青的,
有尖角的果子了!

二二

我们的春又回来了,
我搜尽我的诗句,
忙写着红纸的宜春帖。
我也不妨就便写张
"百无禁忌"。
从此我若失错触了忌讳,
我们都不必介意罢!

二三

我们是两片浮萍：
从我们聚散的速率，
同距离的远度，
可以看出风儿的缓急，
浪儿的大小。

二四

我们是鞭丝抽拢的伙伴，
我们是鞭丝抽散的离侣。
万能的鞭丝啊！
叫我们赞颂吗？
还是诅咒呢？

二五

我们弱者是鱼肉；
我们曾被求福者
重看了盛在笾笠里。
供在礼教的龛前。
我们多么荣耀啊！

二六

你明白了吗？

我们与照着客们吃喜酒的
一对红蜡烛；
我们站在桌子的
两斜对角上，
悄悄地烧着我们的生命，
给他们凑热闹。
他们吃完了，
我们的生命也烧尽了。

二七

若是我的话
讲得太多，
讲到末尾，
便胡讲一阵了，
请你只当我灶上的烟囱：
口里虽荓荓地吐着黑灰，
心里依旧是红热的。

二八

这算他圆满的三绝罢！——
莲子，
泪珠儿，
我们的婚姻。

二九

这一滴红泪：
不是别后的清愁，
却是聚前的炎痛。

三〇

他们削破了我的皮肉，
冒着险将伊的枝儿
强蛮地插在我的茎上。
如今我虽带着瘿肿的疤痕，
却开出从来没开过的花儿了。
他们是怎样狠心的聪明啊！
但每回我瞟出看花的人们
上下抛着眼珠儿，
打量着我的茎儿时，
我的脸就红了！

三一

哦，脑子啊！
刻着虫书鸟篆的
一块妖魔的石头，
是我的佩刀的砺石，
也是我爱河里的礁石，

爱人儿啊!

这又是我俩之间的界石!

三二

幽冷的星儿啊!

这般零乱的一团!

爱人儿啊!

我们的命运,

都摆布在这里了!

三三

冬天的长夜,

好不容易等到天明了,

还是一块冷冰冰的,

铅灰色的天宇,

那里看得见太阳呢?

爱人啊!哭罢!哭罢!

这便是我们的将来哟!

三四

我是狂怒的海神,

你是被我捕着的一叶轻舟。

我的情潮一起一落之间,

我笑着看你颠簸;

我的千百个涛头
用白晃晃的锯齿咬你，
把你咬碎了，
便和樯带舵吞了下去。

三五

夜鹰号咷地叫着；
北风拍着门环，
撕着窗纸，
撞着墙壁，
掀着屋瓦，
非闯进来不可。
红烛只不息地淌着血泪，
凝成大堆赤色的石钟乳，
爱人啊！你在那里？
快来剪去那乌云似的烛花，
快窝着你的素手
遮护着这抖颤的烛焰！
爱人啊！你在那里？

三六

当我告诉你们：
我曾在玉箫牙板，
一派悠扬的细乐里，
亲手掀起了伊的红盖帕；

我曾著着银烛,
一壁撷着伊的凤钗,
一壁在伊耳边问道:
"认得我吗?"
朋友们啊!
当你们听我讲这些故事时,
我又在你们的笑容里,
认出了你们私心的艳羡。

三七

这比我的新人,
谁个温柔?
从炉面镂空的双喜字间,
吐出了一线蜿蜒的香篆。

三八

你午睡醒来,
脸上印着红凹的簟纹,
怕是链子锁着的
梦魂儿罢?
我吻着你的香腮,
便吻着你的梦儿了。

三九

我若替伊画像,

我不许一点人工产物
污秽了伊的玉体。
我并不是用画家的肉眼，
在一套曲线里看伊的美；
但我要描出我常梦看的伊——
一个通灵澈洁的裸体的天使！
所以为免除误会起见，
我还要叫伊这两肩上
生出一双翅膀来。
若有人还不明白，
便把伊错认作一只彩凤，
那倒没什么不可。

四〇

假如黄昏时分，
忽来了一阵雷电交加的风暴，
不须怕得呀，爱人！
我将紧拉着你的手，
到窗口并肩坐下，
我们一句话也不要讲，
我们只凝视着
我们自己的爱力
在天边碰着，
碰出金箭似的光芒，
炫瞎我们自己的眼睛。

四一

有酸的，有甜的，有苦的，有辣的。
豆子都是红色的，
味道却不同了。
辣的先让礼教尝尝！
苦的我们分着囫囵地吞下。
酸的酸得象梅子一般，
不妨细嚼着止止我们的渴。
甜的呢！
啊！甜的红豆都分送给邻家作种子罢！

四二

我唱过了各样的歌儿，
单单忘记了你。
但我的歌儿该当越唱越新，越美。
这些最后唱的最美的歌儿，
一字一颗明珠，
一字一颗热泪，
我的皇后啊！
这些算了我赎罪的菲仪，
这些我跪着捧献给你。

大鼓师

我挂上一面豹皮的大鼓，
我敲着它游遍了一个世界，
我唱过了形形色色的歌儿，
我也听饱了喝不完的彩。

一角斜阳倒挂在檐下，
我蹑着芒鞋，踏入了家村。
"咱们自己的那只歌儿呢？"
她赶上前来，一阵的高兴。

我会唱英雄，我会唱豪杰，
那倩女情郎的歌，我也唱，
若要问到咱们自己的歌，
天知道，我真说不出的心慌！

我却吞下了悲哀，叫她一声，
"快拿我的三弦来，快呀快！
这只破鼓也忒嫌闹了，我要
那弦子弹出我的歌儿来。"

我先弹着一群白鸽在霜林里，
珊瑚爪儿踩着黄叶一堆；

然后你听那秋虫在石缝里叫，
忽然又变了冷雨洒着柴扉。

洒不尽的雨，流不完的泪，……
我叫声"娘子"！把弦子丢了，
"今天我们拿什么作歌来唱？
歌儿早已化作泪儿流了！
"怎么？怎么你也抬不起头来？
啊！这怎么办，怎么办！……
来！你来！我兜出来的悲哀，
得让我自己来吻它干。

"只让我这样呆望着你，娘子，
象窗外的寒蕉望着月亮，
让我只在静默中赞美你。
可是总想不出什么歌来唱。

"纵然是刀斧削出的连理枝，
你瞧，这姿势一点也没有扭。
我可怜的人，你莫疑我，
我原也不怪那挥刀的手。

"你不要多心，我也不要问，
山泉到了井的，还往那里流？
我知道你永远起不了波澜，
我要你永远给我润着歌喉。

诗　歌

"假如最末的希望否认了孤舟，
假如你拒绝了我，我的船坞！
我战着风涛，日暮归来，
谁是我的家，谁是我的归宿？

"但是，娘子啊！在你的尊前，
许我大鼓三弦都不要用；
我们委实没有歌好唱，我们
既不是儿女，又不是英雄！"

渔阳曲

白日的光芒照射着朱梦，
丹墀上默跪着双双的桐影。
宴饮的宾客坐满了西厢，
高堂上虎踞着他们的主人，
高堂上虎踞着威严的主人。
丁东，丁东，
沉默弥漫了堂中，
又一个鼓手，
在堂前奏弄，
这鼓声与众不同。
丁东，丁东，
听！你可听得懂？
听！你可听得懂？

银琖玉碟——尝不遍燕脯龙肝，
鸬鹚勺子泻着美酒如泉……
杯盘的交响闹成铿锵一片，
笑容堆皱在主人的满脸——
啊，笑容堆皱了主人的满脸。
丁东，丁东，
这鼓声与众不同——
它清如鹤唳，

它细似吟蛩；
这鼓声与众不同。
丁东，丁东，
听！你可听得懂？
听！你可听得懂？

你看这鼓手他不像是凡夫，
他儒冠儒服，定然腹有诗书：
他宜乎调度着更幽雅的音乐，
粗笨的鼓棰不是他的工具，
这双鼓棰不是这手中的工具！
丁东，丁东，
这鼓声与众不同——
像寒泉注涧，
像雨打枯桐；
这鼓声与众不同。
丁东，丁东，
听！你可听得懂？
听！你可听得懂？

你看他敲着灵鼍鼓，两眼朝天，
你看他在庭前绕一道长弧线，
然后徐徐地步上了阶梯，
一步一声鼓，越打越酣然——
啊，声声的叠鼓，越打越酣然。
丁东，丁东，
这鼓声与众不同——

陡然成急切，

忽又变沉雄，

这鼓声与众不同。

丁东，丁东，

不同，与众不同！

不同，与众不同！

坎坎的鼓声震动了屋宇：

他走上了高堂，便张目四顾，

他看见满堂缩瑟的猪羊，

当中是一只磨牙的老虎。

他偏要撩一撩这只老虎。

丁东，丁东，

这鼓声与众不同；

这不是颂德，

也不是歌功；

这鼓声与众不同。

丁东，丁东，

不同，与众不同！

不同，与众不同！

他大步地跨向主人的席旁，

却被一个班吏匆忙地阻挡；

"无礼的奴才！"这班吏吼道，

"你怎不穿上号衣，就往前瞎闯？

你没穿号衣，就往这儿瞎闯？"

丁东，丁东，

这鼓声与众不同——

分明是咒诅，

显然是嘲弄；

这鼓声与众不同。

丁东，丁东，

听！你可听得懂？

听！你可听得懂？

他领过了号衣，靠近栏杆，

次第的脱了皂帽，解了青衫，

忽地满堂的目珠都不敢直视，

仿佛看见猛烈的光芒一般，

仿佛他身上射出金光一般。

（丁东，丁东）

这鼓手与众不同：

他赤身露体，

他声色不动；

这鼓手与众不同。

（丁东，丁东）

真个与众不同！

真个与众不同！

满堂是恐怖，满堂是惊讶，

满堂寂寞——日影在石栏杆下；

飞起了翩翩一只穿花蝶，

洒落了疏疏几点木犀花，

庭中洒下了几点木犀花。

（丁东，丁东）

这鼓手与众不同——
莫不是酒醉？
莫不是癫疯？
这鼓手与众不同。
（丁东，丁东）
定当与众不同！
定当与众不同！

苍黄的号褂，露出一只赤臂，
头颅上高架着一顶银盔，——
他如今换上了全副的装束，
如今他才是一个知礼的奴才，
他如今才是个知礼的奴才。
丁东，丁东，
这鼓声与众不同——
像狂涛打岸，
像霹雳腾空；
这鼓声与众不同。
丁东，丁东，
不同，与众不同！
不同，与众不同！

他在主人的席前左右徘徊，
鼓声愈渐激昂，越加慷慨；
主人停了玉杯，住了象箸，
主人的面色早已变作死灰，
啊，主人的面色为何变作死灰？

丁东,丁东,

这鼓声与众不同——

擂得你胆寒,

挝得你发耸;

这鼓声与众不同。

丁东,丁东,

不同,与众不同!

不同,与众不同!

猖狂的鼓声在庭中嘶吼,

主人的羞恼哽塞在咽喉,

主人将唤起威风,呕出怒火,

谁知又一阵鼓声扑上心头,

把他的怒火扑灭在心头。

丁东,丁东,

这鼓声与众不同——

像鱼龙走峡,

像兵甲交锋;

这鼓声与众不同。

丁东,丁东,

不同,与众不同!

不同,与众不同!

堂下的鼓声忽地笑个不止,

堂上的主人只是坐着发痴;

洋洋的笑声洒落在四筵,

鼓声笑破了奸雄的胆子——

鼓声又笑破了主人的胆子!
(丁东,丁东)
这鼓手与众不同——
席上的主人
一动也不动;
这鼓手与众不同。
(丁东,丁东)
定当与众不同!
定当与众不同!

白日的残辉绕过了雕楹,
丹墀上没有了双双的桐影。
无聊的宾客坐满了两厢,
高堂上呆坐着他们的主人,
高堂上坐着丧气的主人。
(丁东,丁东)
这鼓手与众不同——
惩斥了国贼,
庭辱了枭雄;
这鼓手与众不同。
(丁东,丁东)
真个与众不同!
真个与众不同!

你 看

你看太阳象眠后的春蚕一样,
整日吐不尽黄丝似的光芒;
你看负暄的红襟在电杆梢上,
酣眠的锦鸭泊在老柳根旁。

你眼前又陈列着青春的宝藏,
朋友们,请就在这眼前欣赏;
你有眼睛请再看青山的峦嶂,
但莫向那山外探望你的家乡。

你听听那枝头颂春的梅花雀,
你得揩干眼泪,和他一支歌。
朋友,乡愁最是个无情的恶魔,
他能教你眼前的春光变作沙漠。

你看春风解放了冰锁的寒溪,
半溪白齿琮琮的漱着涟漪,
细草又织就了釉釉的绿意,
白杨枝上招展着么小的银旗。

朋友们,等你们看到了故乡的春,
怕不要老尽春光老尽了人?
呵,不要探望你的家乡,朋友们,
家乡是个贼,他能偷去你的心!

也 许

(葬歌)

也许你真是哭得太累,
也许,也许你要睡一睡。
那么叫夜鹰不要咳嗽,
蛙不要号,蝙蝠不要飞,

不许阳光拨你的眼帘,
不许清风刷上你的眉,
无论谁都不能惊醒你,
撑一伞松荫庇护你睡,

也许你听这蚯蚓翻泥,
听这小草的根须吸水,
也许你听这般的音乐
比那咒骂的人声更美;

那么你先把眼皮闭紧,
我就让你睡,我让你睡,
我把黄土轻轻盖着你,
我叫纸钱儿缓缓的飞。

醒 啊！

(众)　天鸡怒号，东方已经白了，
　　　庆云是希望开成五色的花。
　　　醒呀，神勇的大王，醒呀！
　　　你的鼾声真和缓得可怕。

　　　他们说长夜闭熄了你的灵魂，
　　　长夜的风霜是致命的刀。
　　　熟睡的神狮呀，你还不醒来？
　　　醒呀，我们都等候得心焦了！

(汉)　我叫五岳的山禽奏乐，
　　　我叫三江的鱼龙舞蹈。
　　　醒呀！神明的元首，醒呀！

(满)　我献给你长白的驯鹿，
　　　我献给你黑龙的活水。
　　　醒呀！勇武的单于，醒呀！

(蒙)　我有大漠供你的驰骤，
　　　我有西套作你的庖厨。
　　　醒呀！伟大的可汗，醒呀！

（回）　我给你筑碧玉的洞宫，
　　　　我请你在葱岭上巡狩。
　　　　醒呀！神圣的苏丹，醒呀！

（藏）　我吩咐喇嘛日夜祷求，
　　　　我焚起麝香来欢迎你。
　　　　醒呀！庄严的活佛，醒呀！

（众）　让这些祷词攻破睡乡的城，
　　　　让我们把眼泪来浇醒你。
　　　　威严的大王呀，你可怜我们！
　　　　我们的灵魂儿如此的战栗！

　　　　醒呀！请扯破了梦魔的网罗。
　　　　神州给虎豹豺狼糟蹋了。
　　　　醒了罢！醒了罢！威武的神狮！
　　　　听我们在五色旗下哀号。

　　这些是历年旅外因受尽帝国主义的闲气而喊出的不平的呼声；本已交给留美同人所办一种鼓吹国家主义的杂志名叫《大江》的了。但目下正值帝国主义在沪汉演成这种惨剧，而《大江》出版又还有些日子，我把这些诗找一条捷径发表了，是希望他们可以在同胞中激起一些敌忾，把激昂的民气变得更加激昂。我想《大江》的编辑必能原谅这番苦衷。

七子之歌

邶有七子之母不安其室。七子自怨自艾，冀以回其母心。诗人作《凯风》以愍之。吾国自尼布楚条约迄旅大之租让，先后丧失之土地，失养于祖国，受虐于异类，臆其悲哀之情，盖有甚于《凯风》之七子。因择其与中华关系最亲切者七地，为作歌各一章，以抒其孤苦亡告，眷怀祖国之哀忱，亦以励国人之奋兴云尔。国疆崩丧，积日既久，国人视之漠然。不见夫法兰西之 Alsace—Lorraine① 耶？"精诚所至，金石能开。"诚如斯，中华"七子"之归来其在旦夕乎！

（澳门）

你可知"妈港"不是我的真名姓？……
我离开你的襁褓太久了，母亲！
但是他们掳去的是我的肉体，
你依然保管着我内心的灵魂。
三百年来梦寐不忘的生母啊！
请叫儿的乳名，叫我一声"澳门"！
母亲！我要回来，母亲！

（香港）

我好比凤阙阶前守夜的黄豹，

---

① 洛林，法国北部地名。

母亲呀，我身分虽微，地位险要。
如今狞恶的海狮扑在我身上，
啖着我的骨肉，咽着我的脂膏；
母亲呀，我哭泣号啕，呼你不应。
母亲呀，快让我躲入你的怀抱！
母亲！我要回来，母亲！

（台湾）

我们是东海捧出的珍珠一串，
琉球是我的群弟我就是台湾。
我胸中还氲氲着郑氏的英魂，
精忠的赤血点染了我的家传。
母亲，酷炎的夏日要晒死我了；
赐我个号令，我还能背城一战。
母亲，我要回来，母亲！

（威海卫）

再让我看守着中华最古的海，
这边岸上原有圣人的丘陵在。
母亲，莫忘了我是防海的健将，
我有一座刘公岛作我的盾牌。
快救我回来呀，时期已经到了。
我背后葬的尽是圣人的遗骸！
母亲！我要回来，母亲！

（广州湾）

东海和硇洲是一双管钥，
我是神州后门上的一把铁锁。
你为什么把我借给一个盗贼？
母亲呀，你千万不该抛弃了我！
母亲，让我快回到你的膝前来，
我要紧紧的拥抱着你的脚髁。
母亲！我要回来，母亲！

（九龙）

我的胞兄香港在诉他的苦痛，
母亲呀，可记得你的幼女九龙？
自从我下嫁给那镇海的魔王，
我何曾有一天不在泪涛汹涌！
母亲，我天天数着归宁的吉日，
我只怕希望要变作一场空梦。
母亲！我要回来，母亲！

（旅顺，大连）

我们是旅顺，大连，孪生的兄弟。
我们的命运应该如何的比拟？——
两个强邻将我们来回的蹴踢，

我们是暴徒脚下的两团烂泥。

母亲,归期到了,快领我们回来。

你不知道儿们如何的想念你!

母亲!我们要回来,母亲!

长城下之哀歌

啊！五千年文化的纪念碑哟！
伟大的民族的伟大的标帜！……
哦，那里是赛可罗坡的石城？
那里是贝比楼？那里是伽勒寺？
这都是被时间蠹蚀了的名词；
长城？肃杀的时间还伤不了你。

长城啊！你又是旧中华的墓碑，
我是这墓中的一个孤鬼——
我坐在墓上痛哭，哭到地裂天开，
可才能找见旧中华的灵魂，
并同我自己的灵魂之所在？……
长城啊！你原是旧中华的墓碑！

长城啊！老而不死的长城啊！
你还守着那九曲的黄河吗？
你可听见他那消沉的脉搏？
你的同僚怕不就是那金字塔？
金字塔，他虽守不住他的山河，
长城啊！你可守得住你的文化！

你是一条身长万里的苍龙，
你送帝轩辕升天去回来了，

偃卧在这里，头枕沧海，尾蹋崑，
你偃卧在这里看护他的了孙。
长城啊！你可尽了你的责任？
怎么黄帝的子孙终于"披发左衽！"

你又是一座曲折的绣屏：
我们在屏后的华堂上宴饮——
日月是我们的两柱纱灯，
海水天风和着我们高咏，
直到时间也为我们驻辔流连，
我们便挽住了时间放怀酣寝。

长城！你为我们的睡眠担当保障；
待我们睡锈了我们的筋骨，
待我们睡忘了我们的理想，
流贼们忽都爬过我们的围屏，
我们那能御抗？我们只得投降，
我们只得归附了狐群狗党。

长城啊！你何曾隔阂了匈奴，吐蕃？
你又何曾障阻了辽，金，金，满？……
古来只有塞下的雪没马蹄，
古来只有塞上的烽烟云卷，
古来还有胡骢载着一个佳人，
抱着琵琶饮泣，驰出了玉关！……

唉！何须追忆得昨日的辛酸！
昨日的辛酸怎比今朝的劫数？
昨日的敌人是可汗，是单于，

都幸而闯入了我们的门庭，
洗尽腥膻攀上了文明的坛府，——
昨日的敌人还是我们的同族。

但是今日的敌人，今日的敌人，
是天灾？是人祸？是魔术？是妖氛？
哦，铜筋铁骨，嚼火漱雾的怪物，
运输着罪孽，散播着战争，……
哦，怕不要扑熄了我们的日月，
怕不要捣毁了我们的乾坤！

啊！从今那有珠帘半卷的高楼，
镇日里睡鸭焚香，龙头泻酒，
自然歌稳了太平，舞清了宇宙？
从今那有石坛丹灶的道院，
一树的碧阴，满庭的红日，——
童子煎茶，烧着了枯藤一束？

那有窗外的一树寒梅，万竿斜竹，
窗里的幽人抚着焦桐独奏？
再那有荷锄的农夫踏着夕阳，
歌声响在山前，人影没入山后？
又那有柳荫下系着的渔舟，
和细雨斜风催不回去的渔叟？

哦，从今只有暗无天日的绝壑，
装满了么小微茫的生命，
像黑蚁一般的，东西驰骋，——
从今只有半死的囚奴，鹄面鸠形，

抱着金子从矿坑里爬上来。
给吃人的大王们献寿谢恩。

从今只有数不清的烟突，
仿佛昂头的毒蟒在天边等候，
又像是无数惊恐的恶魔，
伸起了巨手千只，向天求救；
从今瞥着万只眼睛的街市上，
骷髅拜骷髅，骷髅赶着骷髅走。

啊！你们夸道未来的中华，
就夸道万里的秦岭蜀山，
剖开腹脏，泻着黄金，泻着宝钻；
夸道我们铁路络绎的版图，
就像是网脉式的楮叶一片，
停泊在太平洋的白浪之间。

又夸道麕载归来的战舰商轮，
载着金的，银的，形形色色的货币，
镌着英皇乔治，美总统林肯，
各国元首的肖像，各国的国名；
夸道西欧的海狮，北美的苍隼，
俯首锻翮，都在上国之前请命。

你们夸道东方的日耳曼，
你们夸道又一个黄种的英伦，——
哈哈！夸道四千年文明神圣，
俛首帖耳的堕入狗党狐群！
啊！新的中华吗？假的中华哟！

同胞啊！你们才是自欺欺人！

哦，鸿荒的远祖——神农，黄帝！
哦，先秦的圣哲——老聃，宣尼！
吟着美人香草的爱国诗人！
饿死西山和悲歌易水的壮士！
哦，二十四史里一切的英灵！
起来呀，起来呀，请都兴起，——

请鉴察我的悲哀，做我的质证，
请来看看这明日的中华——
庶祖列宗啊！我要请问你们：
这纷纷的四万万走肉行尸，
你们还相信是你们的血裔？
你们还相信是你们的子孙？

神灵的祖宗啊！事到如今，
我当怨你们筑起这各种城寨，
把城内文化的种子关起了，
不许他们自由飘播到城外，
早些将礼义的花儿开遍四邻，
如今反教野蛮的荆棘侵进城来。

我又不懂这造物之主的用心，
为何那里摊着荒绝的戈壁，
这里架起一道横天的葱岭，
那里又停着浩荡的海洋，
中间藏着一座蓬莱仙境，
四周围又堆伏着魍魍猩猩？

最善哭的太平洋！只你那容积，
才容得下我这些澎湃的悲思。
最宏伟，最沉雄的哀哭者哟！
请和着我放声号啕地哭泣！
哭着那不可思议的命运，
哭着那亘古不灭的天理——

哭着宇宙之间必老的青春，
哭着有史以来必散的盛筵，
哭着我们中华的庄严灿烂，
也将永远永远地烟消云散。
哭啊！最宏伟，最沉雄的太平洋！
我们的哀痛几时方能哭完？

啊！在麦垅中悲歌的帝子！
春水流愁，眼泪洗面的降君！
历代最伤心的孤臣节士！
古来最善哭的胜国遗民！
不用悲伤了，不用悲伤了，
你们的丧失究竟轻微得很。

你们的悲哀算得了些什么？
我的悲哀是你们的悲哀之总和。
啊！不料中华最末次的灭亡，
黄帝子孙最彻底的堕落，
毕竟要实现於此日今时，
毕竟在我自己的眼前经过，

哦，好肃杀，好尖峭的冰风啊！
走到末路的太阳，你竟这般沮丧！
我们中华的名字镌在你身上；
太阳，你将被这冰风吹得冰化，
中华的名字也将冰得同你一样？
看啊！猖獗的冰风！狼狈的太阳！

哦，你一只大雕，你从那里来的？
你在这铅铁的天空里盘飞；
这八达岭也要被你占了去，
筑起你的窠巢，繁殖你的族类？
圣德的凤凰啊！你如何不来，
竟让这神州成了恶鸟的世界？

雹雪重载的冻云来自天涯，
推搪着，摩擦着，在九霄争路，
好像一群激战的天狼互相鏖杀。
哦，冻云涨了，滚落在居庸关下，
苍白的冻云之海弥漫了四野，——
哎呀！神州啊！你竟陆沉了吗？

长城啊！让我把你也来撞倒，
你我都是赘疣，有些什么难舍？
哦，悲壮的角声，送葬的角声，——
画角啊！不要哀伤，也不要诅骂！
我来自虚无，还向虚无归去，
这堕落的假中华不是我的家！

我是中国人

我是中国人，我是支那人，
我是黄帝的神明血胤，
我是地球上最高处来的，
帕米尔便是我的原籍。

我的种族是一条大河，
我们流下了昆仑山坡，
我们流过了亚洲大陆，
我们流出了优美的风俗。

伟大的民族！伟大的民族！
五岳一般的庄严正肃，
广漠的太平洋的度量，
春云的柔和，秋风的豪放！

我们的历史可以歌唱，
他是尧时老人敲着木壤，
敲出来的太平的音乐，——
我们的历史是一首民歌。

我们的历史是一只金罍，
盛着帝王祀王的芳醴——

我们敬天我们顺天，
我们是乐天安命的神仙。

我们的历史是一掬清泪，
孔子哀悼死麒麟的泪；
我们的历史是一阵狂笑，
庄周，淳于髡，东方朔的笑。

我是中国人，我是支那人，
我的心里有尧舜的心，
我的血是荆轲聂政的血，
我是神农黄帝的遗孽。

我的智慧来得真离奇，
他是河马献来的馈礼；
我这歌声中的节奏，
原是九苞凤凰的传授。

我心头充满戈壁的沉默，
脸上有黄河波涛的颜色，
泰山的石溜滴成我的忍耐，
峥嵘的剑阁撑出我的胸怀。

我没有睡着！我没有睡着！
我心中的灵火还在燃烧；
我的火焰他越烧越燃，
我为我的祖国烧得发颤。

我的记忆还是一根麻绳，
绳上束满了无数的结梗；
一个结子是一桩史事——
我便是五千年的历史。
我是过去五千年的历史，
我是将来五千年的历史。
我要修葺这历史的舞台，
预备排演历史的将来。

我们将来的历史是一首歌，
还歌着海晏河清的音乐；
我们将来的历史是一杯酒，
又在金罍里给皇天献寿。

我们将来的历史是一滴泪，
我的泪洗尽人类的悲哀；
我们将来的历史是一声笑，
我的笑驱尽宇宙的烦恼。

我们是一条河，一条天河，
一派浑浑噩噩的光波——
我们是四万万不灭的明星。
我们的位置永远注定。

伟大的民族！伟大的民族！
我是东方文化的鼻祖，
我的生命是世界的生命，
我是中国人，我是支那人！

诗　歌

爱国的心

我心头有一幅旌旆
没有风时自然摇摆；
我这幅抖颤的心旌
上面有五样的色彩。

这心腹里海棠叶形
是中华版图的缩本；
谁能偷去伊的版图？
谁能偷得去我的心？

洗 衣 歌

洗衣是美国华侨最普通的职业，因此留学生常常被人问道："你爸爸是洗衣裳的吗？"许多人忍受不了这侮辱，然而洗衣的职业确乎含着一点神秘的意义。至少我曾经这样想过。作洗衣歌。

（一件，两件，三件，）
洗衣要洗干净！
（四件，五件，六件，）
熨衣要熨得平！

我洗得净悲哀的湿手帕，
我洗得白罪恶的黑汗衣，
贪心的油腻和欲火的灰，……
你们家里一切的脏东西，
交给我洗，交给我洗。

铜是那样臭，血是那样腥，
脏了的东西你不能不洗，
洗过了的东西还是得脏，
你忍耐的人们理它不理？
替他们洗！替他们洗！

你说洗衣的买卖太下贱，

肯下贱的只有唐人不成！
你们的牧师他告诉我说：
耶稣的爸爸做木匠出身，
你信不信？你信不信？

胰子白水耍不出花头来，
洗衣裳原比不上造兵舰。
我也说这有什么大出息——
流一身血汗洗别人的汗？
你们肯干？你们肯干？

年去年来一滴思乡的泪，
半夜三更一盏洗衣的灯……
下贱不下贱你们不要管，
看那里不干净那里不平，
问支那人，问支那人。

我洗得净悲哀的湿手帕，
我洗得白罪恶的黑汗衣，
贪心的油腻和欲火的灰，
你们家里一切的脏东西，
交给我——洗，交给我——洗。

（一件，两件，三件，）
洗衣要洗干净！
（四件，五件，六件，）
熨衣要熨得平！

回来了

这真是说不出的悲喜交集——
滚滚的江涛向我迎来,
然后这里是青山,那里是绿水……
我又投入了祖国的慈怀!

你莫告诉我这里是遍体疮痍,
你没听见麦浪翻得沙沙响?
这才是我的家乡我的祖国:
打盹的雀儿钉在牛背上。

祖国呀!今天我分外的爱你……
风呀你莫吹,浪呀你莫涌,
让我镇定一会儿,镇定一会儿;
我的心儿他如此的怔忡!

你看江水俨然金一般的黄,
千樯的倒影蠕在微澜里。
这是我的祖国,这是我的家乡,
别的且都不必提起。

今天风呀你莫吹,浪呀你莫涌。
我是刚才刚才回到家。

祖国呀，今天我们要分外亲热；
请你有泪儿今天莫要洒。

这真是说不出的悲喜交集；
我又投入了祖国的慈怀。

你看船边飞着簸谷似的浪花，
天上飘来仙鹤般的云彩。

狼狈

假如流水上一抹斜阳
悠悠的来了,悠悠的去了;
假如那时不是我不留你,
那颗心不由我作主了。

假如又是灰色的黄昏
藏满了蝙蝠的翅膀;
假如那时不是我不念你,
那时的心什么也不能想。

假如落叶象败阵纷逃,
暗影在我这窗前睥睨;
假如这颗心不是我的了,
女人,教它如何想你?

假如秋夜也这般的寂寥……
嘿!这是谁在我耳边讲话?
这分明不是你的声音,女人;
假如她偏偏要我降她。

闻一多先生的书桌

忽然一切的静物都讲话了，
　忽然间书桌上怨声腾沸：
墨盒呻吟道"我渴得要死！"
　字典喊雨水渍湿了他的背；

信笺忙叫道弯痛了他的腰；
　钢笔说烟灰闭塞了他的嘴，
毛笔讲火柴烧秃了他的须，
　铅笔抱怨牙刷压了他的腿；

香炉咕喽着"这些野蛮的书
　早晚定规要把你挤倒了！"
大钢表叹息快睡锈了骨头；
　"风来了！风来了！"稿纸都叫了；

笔洗说他分明是盛水的，
　怎么吃得惯臭辣的雪茄灰；
桌子怨一年洗不上两回澡，
　墨水壶说"我两天给你洗一回。"

"什么主人？谁是我们的主人？"
　一切的静物都同声骂道，

"生活若果是这般的狼狈,
　　倒还不如没有生活的好!"

主人咬着烟斗咪咪的笑。
　　"一切的众生应该各安其位。
我何曾有意的糟蹋你们,
　　秩序不在我的能力之内。"

叫 卖 歌

朦胧的曲巷群鸦唤不醒,
东方天上只是一块黄来一块青。
这是谁催着少妇上梳妆?——
　"白兰花!白兰花!"
　声声落入玻璃窗。

桐阴摊在八尺的高墙底,
"知了"停了,一阵饭香飘到书房里。
忽把孩儿的午梦惊破了——
　"薄荷糖!薄荷糖!"
　小锣儿在墙角敲。

市声像沸水在铜壶里响,
半壁金丝是竹帘筛进的淡斜阳。
这是谁遮断先生的读书声?——
　"老莲蓬!老莲蓬!"
　满担清香挑进门。

黄昏要拥住全城去安歇,
纷飞的蝙蝠仿佛是风摧落叶。
这时谁将神秘载满老人心?——
　你听啦!你听啦!
　算命瞎子拉胡琴。

末 日

露水在笕筒里哽咽着，
　芭蕉的绿舌头舐着玻璃窗，
四围的垩壁都往后退，
　我一人填不满偌大一间房。

我心房里烧上一盆火，
　静候着一个远道的客人来，
我用蛛丝鼠矢喂火盆，
　我又用花蛇的鳞甲代劈柴。

鸡声直催，盆里一堆灰，
　一股阴风偷来摸着我的口，
原来客人就在我眼前，
　我眼皮一闭，就跟着客人走。

南海之神
——中山先生颂

一、神之降生

炎风煽惑了龃龉的波浪；
海水熬成了一锅热油——
大波噬着小澜，惊涛扑着骇浪。
妖云在摇旗，迅雷在呐喊，
天是精铜的破镜一面；
世界要变成一场大血战。
贝阙里的老龙睡得不安，
仿佛听见了一阵隐约的哭声，
像是九霄云外的哀鸿航过。
慈悲的泪在他脸上开成了珠花。
忽地他长啸一声——天昏地黑，
南海岸上一个婴儿堕地了！

婴儿醒了，呱呱的哭声
载满了一个民族的悲哀。
婴儿又睡了，沉默笼罩着宇宙。
于是蔚蓝的高天是父的庄严，
葱绿的大地是母的慈爱。
于是畏惧坐镇在人之心上；
鸟儿的歌声涌到喉间又吞下去了，

花瓣儿浮在空中不敢坠落……
一切都敛息屏声，
护持着这新生命的睡眠，
倾听着这新脉搏的节奏。
一切的生命都要让开路来，
尽这一道新生命往前先走。
于是宇宙万物尽他们所有的
都献给他作为庆贺的仪程了：
巍峨的五岳献给他庄严；
瞿塘滟滪的石壁献给他坚忍；
从深山峭谷里探出路径，
捣石成沙，撞断巫山十二峰，
奔流万里，百折不回的扬子江，
献给他寰球三大毅力之一。
浩荡的太平洋献给他度量，
轻身狎浪的海鸥又献给他冒险精神。
谁献给他慈蔼的美德？——
说苏了小草的春雨和吹着麦浪的熏风；
谁献给他先觉的智慧？——踞皋的晨鸡；
谁献给他决斗的精神？——负隅的困兽。
九天的雷霆献给他震怒；
日月星辰献给他洞察的眼光；
然后造物者又把创造的全能交付给他了。

于是全宇宙长在一个人的躯壳里了；
啊，一个宇宙在人间歌哭言笑！
一个宇宙在人间奔走呼号！——

于是赤县神州有一个圣人
同北邻建树赤帜的圣人比肩，
同西邻的 Mahatma① 争衡，
同太平洋彼岸上为一个奴隶民族
解脱了枷锁的圣人并驾齐驱！

二、纪元之创造

百尺的朱门关闭了五千年；
黑色的苔藓侵蚀了雕梁画栋，
野蜂在兽环的口里作了巢，
屋脊上的飞鱼、鸱吻、铜雀、宝瓶，……
狼藉在臭秽的壕沟里。
宇宙乘除了五千个春秋，
积尘瘗没了浮铆钉，
百尺的朱门依然没有人来开启。
风雨如晦鸡鸣不已的时候，
忽然来了一个愁容满面的巨人，
擎着一只熊熊的火把，
走上门前拍一拍门环，叫一声：
"开门呀！"
一阵蝙蝠从砖缝瓦罅里飞出来了；
失了胶黏力的灰泥垩粉
纷纷的洒落在他头上。
他又叫一声，连叫几声，……

---

① 英语，圣雄

他耳边但有危梁欹柱解体脱节的异响，
总听不见应门的人声。
滚滚的热泪流到喉咙里来了，
他将热泪咽下了，又大叫数声，
在门扉上拳椎脚踢，
他吼声如雷，他洒泪如雨，……
全宇宙的震怒在他身中烧着了。
他是一座洪炉——他是洪炉中的一条火龙，
每一颗鳞甲是一颗火星，
每一条须髯是一条火焰。
时期到了！时期到了！他不能再思了！
于是他挥起巨斧，巨斧在他手中抖颤——
摩天的巨斧像山岳一般倒下来了，
騞的一声——阊阖洞开了！
騞的一声——飞昂折倒了！
騞的一声——黄阙丹墀变成齑粉了！
于是在第二个盘古的神斧之下，
五千年的金龙宝殿一扫而空——
前五千年的盘据地禅让给后五千年了。
于是中华的圣人创造了一个新纪元，
这圣人是我们中华历史上的赤道，
他的前面是一个半球，
他的后面又是一个半球，
他是中华文化的总枢纽，
他转斡了四万万生灵的命运！

三、祈祷

神通广大的救星啊！请你听！
请将神光辐射的炬火照着我们；
勇武聪睿的主将啊！请你听！
请将你的大毒掩覆我们颤栗的灵魂，
仓公扁鹊——起死回生的国手啊！
请用神灵的刀圭铲除了这遍体的疮痍；
仁爱的牧者啊！我们是亡告的羊群。
豺狼当道，请你保护我们的生命！
我们虽是不肖的儿女，背恩的奴隶——
我们自身鄙吝反而猜疑你的恩惠，
自身愚蠢因之妒嫉你的聪明；
但是神明宽厚的主将啊！
请你宽赦我们，请你饶恕我们，
让我们流出忏悔的血泪洗你心上的伤痕，
让这四万万颗赤心都焚起一瓣自新的心香，
让心香的馥郁薰灭了你的悲酸的记忆。
广大无边，海函地负的精神啊，
让我们忏悔，让我们忏悔！

我们祸孽深重，我们万死不容，
你本不当赐给我们非分的原宥。
我们是龌龊的虮虱一群，
我们嘬饮你的血汗来滋养自身的肌肉。
你的神炬作了我们夜劫的火把，

你的战旗是我们行凶时护身的符箓。
你的名字在我们脚下踩成笑柄。
我们都是你的罪人!

你是行天的赤日,光明的输送者,
我们是蜀山中的村犬,
我们在黯谷中生活,反而狂吠你的光明。
我们是饕餮的鸱鸮剥啄着腐鼠,
你是高洁的鹓雏从我们头上飞过,
我们的猜忌便迸作毒狠的诅骂。
我们是商受不懂圣人的心如何构造,
便将你的心剜了出来查验他的孔窍。
我们戏谑你到了不堪的程度。
哦,让我们忏悔!让我们忏悔!
让洞庭的波涛涤祛我们的罪恶!
让九天的黑云掩着我们的羞耻!
让十八层地狱的火烧着我们的心脏!
让峨嵋、剑阁和青泥的四万八千哀猿
同声叫着,叫出我们的酸悲!……
哦,让我们忏悔,让我们忏悔!

哦,神秘伟大的灵魂啊!
你戴着痛苦如同戴着荣华一般——
荆棘之冠在你头上变成璀璨的玉冕;
悲哀之泪像倒流的弱水,
流到你心中潴成了仁爱的仙海;……
你是那样的神秘!那样的伟大!

你定让我们忏悔，让我们忏悔。

神秘伟大的神灵啊！
让我们赞美你！让我们膜拜你！
让我们从你身上支取力量，
因为你是四万万华胄的力量之结晶。
让我们从你身上看到中华昨日的伟大，
从你身上望到中华明日的光荣——
让我们的希望从你身上发生。
伟大的神！仁爱的神！勇武的神啊！
让我们赞美你！让我们礼拜你！
但是先让我们忏悔，先让我们忏悔！

抱 怨

我拈起笔来在手中玩弄，
空中便飞来了一排韵脚；
我不知如何的摆布他们，
只希望能写出一些快乐。
我听见你在窗前咳嗽，
不由的写成了一首悲歌。

上帝将要写我的生传；
展开了我的生命之纸，
不知要写些什么东西，
许是灾殃，也许是喜事。
你硬要加入你的姓名，
他便写成了一篇痛史。

唁　词

——纪念三月十八日的惨剧

没有什么！父母们都不要号咷！
兄弟们，姊妹们也都用不着悲恸！
这青春的赤血再宝贵没有了，
盛着他固然是好，泼掉了更有用。

要血是要他红，要血是要他热；
那脏完了，冷透了的东西谁要他？
不要愤嫉，父母，兄弟和姊妹们！
等着看这红热的开成绚烂的花。

感谢你们，这么样丰厚的仪程！
这多年的宠爱，矜怜，辛苦和希望。
如今请将这一切的交给我们，
我们要永远悬他在日月的边旁。

这最末的哀痛请也不要吝惜。
（这一阵哀痛可磔碎了你们的心！）
但是这哀痛的波动却没有完，
他要在四万万颗心上永远翻腾。

哀恸要永远咬住四万万颗心，
那么这哀痛便是忏悔，便是惕警。
还要把馨香缭绕，俎豆来供奉！
哀痛是我们的启示，我们的光明。

天 安 门

好家伙！今日可吓坏了我！
两条腿到这会儿还哆嗦。
瞧着，瞧着，都要追上来了，
要不，我为什么要那么跑？
先生，让我喘口气，那东西，
你没有瞧见那黑漆漆的，
没脑袋的，蹶脚的，多可怕，
还摇晃着白旗儿说着话……
这年头真没法办，你问谁？
真是人都办不了，别说鬼。
还开会啦，还不老实点儿！
你瞧，都是谁家的小孩儿，
不才十来岁儿吗？干吗的！
脑袋瓜上不是使枪扎的？
先生，听说昨日又死了人，
管包死的又是傻学生们。
这年头儿也真有那怪事，
那学生们有的喝，有的吃，——
咱二叔头年死在杨柳青，
那是饿的没法儿去当兵，——
谁拿老命白白的送阎王！
咱一辈子没撒过谎，我想

刚灌上俩子儿油,一整勺,
怎么走着走着瞧不见道。
怨不得小秃子吓掉了魂,
劝人黑夜里别走天安门。
得!就算咱拉车的活倒霉,
赶明日北京满城都是鬼!

欺负着了

你怕我哭？我才不难受了：
这一辈子我真哭得够了！
那儿有的事？——三年哭两个，
谁家的眼泪有这么样多？

我一个寡妇，又穷又老了。
今日可给你们欺负着了！

你，你为什么又往家里跑？
再去，去送给他们杀一刀！
看他们的威风有多么大……
算我白养了你们哥儿三。

我爽兴连这个也不要了。
就算我给你们欺负着了！

为着我教你们上了学校，
没有教你们去杀人绑票——
不过为了这点错，这点错，
三个儿子整杀了我两个。

这仇有一天我总得报了，

我不能给你们欺负着了!
好容易养活你们这般大,
凭什么我养的该他们杀?
我倒要问问他们这个理。
问问他们杀了可赔得起?……

杀了我儿子,你们就好了?……
我可是给你们欺负着了!
老大为他们死给外国人,
老二帮他们和洋人拚命——
帮他们又给他们活杀死,
这到底到底是怎么回事!

三儿还帮不帮你们闹了?……
我总算给你们欺负着了!

你也送去给他们杀一刀,
杀完了就再没有杀的了!
世界上有儿子的多得很,
我要看他们杀不杀得尽!

我真是给你们欺负恼了!
我可不给你们欺负着了?

比　较

别人的春光歌舞着来，
鸟啼花发鼓舞别人的爱。
我们只有一春苦雨与凄风！
总是桐花暗淡柳惺忪——
我们和别人同不同？

我的人儿她不爱说话。
书斋里夜夜给我送烟茶。
别人家里灯光像是泼溶银，
吴歌楚舞不肯放天明——
我们怎能够比别人？

别人睡向青山去休息，
我们也一同走入黄泉里。
别人堂上的燕子找不着家，
飞到我们的檐前骂落花——
我们比别人差不差？

死　水

这是一沟绝望的死水，
清风吹不起半点漪沦。
不如多扔些破铜烂铁，
爽性泼你的剩菜残羹。

也许铜的要绿成翡翠，
铁罐上锈出几瓣桃花；
再让油腻织一层罗绮，
霉菌给他蒸出些云霞。

让死水酵成一沟绿酒，
漂满了珍珠似的白沫；
小珠们笑声变成大珠，①
又被偷酒的花蚊咬破。

那么一沟绝望的死水，
也就夸得上几分鲜明。
如果青蛙耐不住寂寞，
又算死水叫出了歌声。

---

① 此句原创"小珠笑一声变成大珠"，现据作者编选《现代诗抄》改。

这是一沟绝望的死水,
这里断不是美的所在,
不如让给丑恶来开垦,
看他造出个什么世界。

黄 昏

　　黄昏是一头迟笨的黑牛，
　　一步一步的走下了西山：
　　不许把城门关锁得太早，
　　总要等黑牛走进了城圈。

　　黄昏是一头神秘的黑牛，
　　不知他是那一界的神仙——
　　天天月亮要送他到城里，
　　一早太阳又牵上了西山。

春　光

静得象入定了的一般，那天竹。
那天竹上密叶遮不住的珊瑚；
那碧桃；在朝暾里运气的麻雀。
春光从一张张的绿叶上爬过。
蓦地一道阳光晃过我的眼前，
我眼睛里飞出了万支的金箭，
我耳边又谣传着翅膀的摩声，
仿佛有一群天使在空中逻巡……

忽地深巷里迸出了一声清籁：
"可怜可怜我这瞎子，老爷太太！"

鸟　语
　　——送友人南归

　　他们把我关在囚笼里，
　　可是这囚笼没有墙壁：——
　　削瘦的栏杆围在四旁，
　　一根根都像白骨一样。

　　这些栏杆中间的罅缝，
　　不知道到底有什么用：
　　为他们好看我的羽翰，
　　还是让我好望见青天？

　　也许是仙鹤似的白云，
　　驰过了蓝宝石的天心，
　　也许是白云似的仙鹤，
　　从赤日的轮盘边晃过。

　　天上既有飞动的东西，
　　我怎当辜负我的羽翼？
　　你看我也打破了监牢；
　　我原是一只能飞的鸟！

　　于今回到了我的家乡，
　　我也该晾晾我的翅膀，……

吓！这根柳条真个轻软，
这满塘春水明镜一般。

江南的山林幽深得很，
山上的白云分外氤氲：
明朝你听见歌声如缕，
你怎知道我身在何处！

心 跳

这灯光，这灯光漂白了的四壁；
这贤良的桌椅，朋友似的亲密；
这古书的纸香一阵阵的袭来；
要好的茶杯贞女一般的洁白：
受哺的小儿喉呷在母亲怀里，
鼾声报道我大儿康健的消息……
这神秘的静夜，这浑圆的和平，
我喉咙里颤动着感谢的歌声。
但是歌声马上又变成了诅咒，
静夜！我不能，不能受你的贿赂。
谁希罕你这墙内尺方的和平！
我的世界还有更辽阔的边境。
这四墙既隔不断战争的喧嚣，
你有什么方法禁止我的心跳？
最好是让这口里塞满了沙泥，
如其他只会唱着个人的休戚！
最好是让这头颅给田鼠掘洞，
让这一团血肉也去喂着尸虫，
如果只是为了一杯酒，一本诗，
静夜里钟摆摇来的一片闲适，
就听不见了你们四邻的呻吟，
看不见寡妇孤儿抖颤的身影，

战壕里的痉挛，疯人咬着病榻，
和各种惨剧在生活的磨子下。
幸福！我如今不能受你的私贿，
我的世界不在这尺方的墙内。
听！又是一阵炮声，死神在咆哮。
静夜！你如何能禁止我的心跳？

贡　献

红灯下我陪你们醉酒，
沙发上我敬给你们两枝香烟，
我陪着你们坐车子，走路，吃饭，
仿佛一天天我也有我的贡献。

给你们让着路，点着头，
你们打扮好了，我替你们惊羡，
你们跟来了，我抛下一只铜板——
不要误会了这就是我的贡献。

有时悲哀抓着了我的心，
我能为人类的苦痛捏一把汗，
我能哭得像婴孩，在一刹那间——
这刹那间才是我最伟大的贡献！

罪　过

老头儿和担子摔一交，
满地是白杏儿红樱桃。
老头儿爬起来直哆嗦，
"我知道我今日的罪过！"
"手破了，老头儿你瞧瞧。"
"唉！都给压碎了，好樱桃！"

"老头儿你别是病了罢？
你怎么直楞着不说话？"
"我知道我今日的罪过，
一早起我儿子直催我。
我儿子躺在床上发狠，
他骂我怎么还不出城。

"我知道今日个不早了，
没想到一下子睡着了。
这叫我怎么办，怎么办？
回头一家人怎么吃饭？"
老头儿拾起来又掉了，
满地是白杏儿红樱桃。

收 回

那一天只要命运肯放我们走!
不要怕;虽然得走过一个黑洞,
你大胆的走;让我掇着你的手;
也不用问那里来的一阵阴风。

只记住了我今天的话,留心那
一掬温存,几朵吻,留心那几炷笑,
都给拾起来,没有差;——记住我的话,
拾起来,还有珊瑚色的一串心跳。

可怜今天苦了你——心渴望着心——
那时候该让你拾,拾一个痛快,
拾起我们今天损失了的黄金。
那斑烂的残瓣,都是我们的爱,
拾起来,戴上。
你戴着爱的圆光,
我们再走,管他是地狱,是天堂!

什么梦?

一排雁字仓皇的渡过天河,
寒雁的衷呼从她心里穿过,
"人啊,人啊"她叹道,
"你在那里,在那里叫着我?"

黄昏拥着恐怖,直向她进逼,
一团剧痛沉淀在她的心里,
"天啊,天啊"她叫道,
"这到底,到底是什么意义?"

道是那样长,行程又在夜里,
她站在生死的门限上犹夷,
"烦闷,烦闷"她想道,
"我将永远,永远结束了你!"

决断写在她脸上,——决断的从容,……
忽然摇篮里哇的一阵警钟,
"啊,儿啊"她哭了,
"我做的是什么是什么梦?"

口　供

　　我不骗你，我不是什么诗人。
　　纵然我爱的是白石的坚贞，
　　青松和大海，鸦背驮着夕阳。
　　黄昏里织满了蝙蝠的翅膀。
　　你知道我爱英雄，还爱高山。
　　我爱一幅国旗在风中招展。
　　自从鹅黄到古铜色的菊花。
　　记着我的粮食是一壶苦茶！

　　可是还有一个我，你怕不怕？——
　　苍蝇似的思想，垃圾桶里爬。

你莫怨我

你莫怨我！
这原来不算什么，
人生是萍水相逢，
让他萍水样错过。
你莫怨我！

你莫问我！
泪珠在眼边等着，
只须你说一句话，
一句话便会碰落，
你莫问我！

你莫惹我！
不要想灰上点火，
我的心早累倒了，
最好是让它睡着，
你莫惹我！

你莫碰我！
你想什么，想什么？
我们是萍水相逢，
应得轻轻的错过。

你莫碰我!

你莫管我!
从今加上一把锁;
再不要敲错了门,
今回算我撞的祸,
你莫管我!

"你指着太阳起誓"

你指着太阳起誓，叫天边的凫雁①
说你的忠贞。好了，我完全相信你，
甚至热情开出泪花，我也不诧异。
只是你要说什么海枯，什么石烂……
那便笑得死我。这一口气的工夫
还不够我陶醉的？还说什么"永久"？
爱，你知道我只有一口气的贪图，
快来箍紧我的心，快！啊，你走，你走……

我早算就了你那一手——也不是变卦——
"永久"早许给了别人，秕糠是我的份，
别人得的才是你的菁华——不坏的千春。
你不信？假如一天死神拿出你的花押，
你走不走？去去！去恋着他的怀抱，
跟他去讲那海枯石烂不变的贞操！

---

① 闻一多编选《现代诗抄》中将"凫雁"改作"寒雁"。

忘 掉 她

忘掉她，象一朵忘掉的花，——
那朝霞在花瓣上，
那花心的一缕香——
忘掉她，象一朵忘掉的花！

忘掉她，象一朵忘掉的花！
象春风里一出梦，
象梦里的一声钟，
忘掉她，象一朵忘掉的花！

忘掉她，象一朵忘掉的花！
听蟋蟀唱得多好，
看墓草长得多高；
忘掉她，象一朵忘掉的花！

忘掉她，象一朵忘掉的花！
她已经忘记了你，
她什么都记不起；
忘掉她，象一朵忘掉的花！

忘掉她，象一朵忘掉的花！
年华那朋友真好，

他明天就教你老；
忘掉她，象一朵忘掉的花！

忘掉她，象一朵忘掉的花！
如果是有人要问，
就说没有那个人；
忘掉她，象一朵忘掉的花！

忘掉她，象一朵忘掉的花！
象春风里一出梦，
象梦里的一声钟，
忘掉她，象一朵忘掉的花！

泪　雨

他在那生命的阳春时节，
曾流着号饥号寒的眼泪；
那原是舒生解冻的春霖，
却也兆征了生命的哀悲。

他少年的泪是连绵的阴雨，
暗中浇熟了酸苦的黄梅；
如今黑云密布，雷电交加，
他的泪象夏雨一般的滂沛。

中途的怅惘，老大的蹉跎，
他知道中年的苦泪更多，
中年的泪定似秋雨淅沥，
梧桐叶上敲着永夜的悲歌。

谁说生命的残冬没有眼泪？
老年的泪是悲哀的总和；
他还有一掬结晶的老泪，
要开作漫天愁人的花朵。

我要回来

我要回来，
乘你的拳头象兰花未放，
乘你的柔发和柔丝一样，
乘你的眼睛里燃着灵光，
我要回来。

我没回来，
乘你的脚步象风中荡桨，
乘你的心灵象痴蝇打窗，
乘你笑声里有银的铃铛，
我没回来。

我该回来，
乘你的眼睛里一阵昏迷，
乘一口阴风把残灯吹熄，
乘一只冷手来掇走了你，
我该回来。

我回来了，
乘流萤打着灯笼照着你，
乘你的耳边悲啼着莎鸡，
乘你睡着了，含一口沙泥，
我回来了。

夜 歌

癞虾蟆抽了一个寒噤，
黄土堆里钻出个妇人，
妇人身旁找不出阴影，
月色却是如此的分明。

黄土堆里钻出个妇人，
黄土堆上并没有裂痕，
也不曾惊动一条蚯蚓，
或绷断蟏蛸一根网绳。

月光底下坐着个妇人，
妇人的容貌好似青春，
猩红衫子血样的狰狞，
鬅松的散发披了一身。

妇人在号咷，捶着胸心，
癞虾蟆只是打着寒噤，
远村的荒鸡哇的一声，
黄土堆上不见了妇人。

一个观念

你隽永的神秘，你美丽的谎，
你倔强的质问，你一道金光，
一点儿亲密的意义，一股火，
一缕缥渺的呼声，你是什么？
我不疑，这因缘一点也不假，
我知道海洋不骗他的浪花。
既然是节奏，就不该抱怨歌。
啊，横暴的威灵，你降伏了我，
你降伏了我！你绚缦的长虹——
五千多年的记忆，你不要动，
如今我只问怎样抱得紧你……
你是那样的横蛮，那样美丽！

发　现

我来了，我喊一声，迸着血泪，
"这不是我的中华，不对，不对！"
我来了，因为我听见你叫我；
鞭着时间的罡风，擎一把火，
我来了，不知道是一场空喜。
我会见的是噩梦，那里是你？
那是恐怖，是噩梦挂着悬崖，
那不是你，那不是我的心爱！
我追问青天，逼迫八面的风，
我问，拳头擂着大地的赤胸，
总问不出消息；我哭着叫你，
呕出一颗心来，——在我心里！

祈 祷

请告诉我谁是中国人,
启示我,如何把记忆抱紧;
请告诉我这民族的伟大,
轻轻的告诉我,不要喧哗!

请告诉我谁是中国人,
谁的心里有尧舜的心,
谁的血是荆轲聂政的血,
谁是神农黄帝的遗孽。

告诉我那智慧来得离奇,
说是河马献来的馈礼;
还告诉我这歌声的节奏,
原是九苞凤凰的传授。

谁告诉我戈壁的沉默,
和五岳的庄严?又告诉我
泰山的石霤还滴着忍耐,
大江黄河又流着和谐?

再告诉我,那一滴清泪,
是孔子吊唁死麟的伤悲?

那狂笑也得告诉我才好，——
庄周，淳于髡，东方朔的笑。

谁告诉我谁是中国人，
启示我，如何把记忆抱紧；
请告诉我这民族的伟大，
轻轻的告诉我，不要喧哗！

一句话

有一句话说出就是祸,
有一句话能点得着火。
别看五千年没有说破,
你猜得透火山的缄默?
说不定是突然着了魔,
突然青天里一个霹雳
爆一声:
"咱们的中国!"

这话教我今天怎样说?
我不信铁树开花也可,
那么有一句话你听着:
等火山忍不住了缄默,
不要发抖,伸舌头,顿脚,
等到青天里一个霹雳
爆一声:
"咱们的中国!"

荒　村

……临淮关梁园镇间一百八十里之距离，已完全断绝人烟。汽车道两旁之村庄，所有居民，逃避一空。农民之家具木器，均以绳相连，沉于附近水塘稻田中，以避火焚。门窗俱无，中以棺材或石堵塞。一至夜间，则灯火全无。鸡犬豕等觅食野间，亦无人看守。而间有玫瑰芍药犹墙隅自开。新出稻秧，翠蔼宜人。草木无知，其斯之谓欤？

——民国十六年五月十九日《新闻报》

他们都上那里去了？怎么
虾蟆蹲在甑上，水瓢里开白莲；
桌椅板凳在田里堰里漂着；
蜘蛛的绳桥从东屋往西屋牵？
门框里嵌棺材，窗棂里镶石块！
这景象是多么古怪多么惨！
镰刀让它锈着快锈成了泥，
抛着整个的鱼网在灰堆里烂。
天呀！这样的村庄都留不住他们！
玫瑰开不完，荷叶长成了伞；
秧针这样尖，湖水这样绿，
天这样青，鸟声象露珠样圆。
这秧是怎样绿的，花儿谁叫红的？
这泥里和着谁的血，谁的汗？
去得这样的坚决，这样的脱洒，

可有什么苦衷，许了什么心愿？
如今可有人告诉他们：这里
猪在大路上游，鸭往猪群里钻，
雄鸡踏翻了芍药，牛吃了菜——
告诉他们太阳落了，牛羊不下山，
一个个的黑影在岗上等着，
四合的峦嶂龙蛇虎豹一般，
它们望一望，打了一个寒噤，
大家低下头来，再也不敢看；
（这也得告诉他们）它们想起往常
暮寒深了，白杨在风里颤，
那时只要站在山头嚷一句，
山路太险了，还有主人来搀；
然后笛声送它们踏进栏门里，
那稻草多么香，屋子多么暖！
它们想到这里，滚下了一滴热泪，
大家挤作一堆，脸偎着脸……
去！去告诉它们主人，告诉他们，
什么都告诉他们，什么也不要瞒！
叫他们回来！叫他们回来！
问他们怎么自己的牲口都不管？
他们不知道牲口是和小儿一样吗？
可怜的畜生它们多么没有胆！
喂！你报信的人也上那里去了？
快地告诉他们——告诉王家老三，
告诉周大和他们兄弟八个，
告诉临淮关一带的庄家汉，

还告诉那红脸的铁匠老李,
告诉独眼龙,告诉徐半仙,
告诉黄大娘和满村庄的妇女——
告诉他们这许多的事,一件一件。
叫他们回来,叫他们回来!
这景象是多么古怪多么惨!
天呀!这样的村庄留不住他们;
这样一个桃源,瞧不见人烟!

飞毛腿

我说飞毛腿那小子也真够别扭,
管包是拉了半天车得半天歇着,
一天少了说也得二三两白干儿,
醉醺醺的一死儿拉着人谈天儿。
他妈的谁能陪着那个小子混呢?
"天为啥是蓝的?"没事他该问你。
还吹他妈什么箫,你瞧那副神儿,
窝着件破棉袄,老婆的,也没准儿,
再瞧他擦着那车上的俩大灯罢,
擦着擦着问你曹操有多少人马。
成天儿车灯车把且擦且不完啦,
我说"飞毛腿你怎不擦擦脸啦?"
可是飞毛腿的车擦得真够亮的,
许是得擦到和他那心地一样的!
嘿!那天河里漂着飞毛腿的尸首,……
飞毛腿那老婆死得太不是时候!

答　辩

挂彩的荣华我当不起，
没有圆光往我头上箍，
旌旗铙鼓不是我的份，
我道上不许用黄土铺，

不许矜骄镀我成金身，
我拒绝"成功"见我一面；
双手掀住挣扎的纷忙，
我猜着黎明，也不要看。

锦袍的庄严交给别人，
流汗的快乐得让给我。
上帝许我纯钢的意志，
要我锤出些惨淡的歌。

可是旌旗铙鼓我不要，
我道上不用黄土来铺，
挂彩的荣华我当不起，
那有圆光往我头上箍？

奇 迹

我要的本不是火齐的红,或半夜里
桃花潭水的黑,也不是琵琶的幽怨,
蔷薇的香;我不曾真心爱过文豹的矜严,
我要的婉娈也不是任何白鸽所有的。
我要的本不是这些,而是这些的结晶,
比这一切更神奇得万倍的一个奇迹!
可是,这灵魂是真饿得慌,我又不能
让他缺着供养,那么,即便是秕糠,
你也得募化不是?天知道,我不是
甘心如此,我并非倔强,亦不是愚蠢,
我是等你不及,等不及奇迹的来临!
我不敢让灵魂缺着供养。谁不知道
一树蝉鸣,一壶浊酒,算得了什么?
纵提到烟峦,曙壑,或更璀璨的星空,
也只是平凡,最无所谓的平凡,犯得着
惊喜得没主意,喊着最动人的名儿,
恨不得黄金铸字,给妆在一只歌里?
我也说但为一阙莺歌便噙不住眼泪,
那未免太支离,太玄了,简直不值当。
谁晓得,我可不能不那样:这心是真
饿得慌,我不得不节省点,把藜藿当作膏粱。
可也不妨明说,只要你——

只要奇迹露一面，我马上就放弃平凡，
我再不瞅着一张霜叶梦想春花的艳，
再不浪费这灵魂的膂力，剥开顽石，
来诔求碧玉的温润；给我一个奇迹，
我也不再去鞭挞着"丑"，逼他要
那分儿背面的意义；实在我早厌恶了，
那勾当，那附会也委实是太费解了。
我只要一个明白的字，舍利子似的闪着
宝光；我要的是整个的，正面的美。
我并非倔强，亦不是愚蠢，我不会看见
团扇，悟不起扇后那天仙似的人面。
那么

　　我等着，不管得等到多少轮回以后——
既然当初许下心愿时，也不知道是多少
轮回以前——我等，我不抱怨，只静候着
一个奇迹的来临。　　总不能没有那一天，
让雷来劈我，火山来烧，全地狱翻起来
扑我，……害怕吗？你放心，反正罡风吹不熄灵
魂的灯，情愿蜕壳化成灰烬，
不碍事：因为那——那便是我的一刹那，
一刹那的永恒：——一阵异香，最神秘的
肃静，（日，月，一切星球的旋动早被
喝住，时间也止步了，）最浑圆的和平……
我听见阊阖的户枢豁然一响，紫霄上
传来一片衣裙的綷縩——那便是奇迹——
半启的金扉中，一个戴着圆光的你！

八教授颂[1]

新中国的
学者，
文人，
思想家，
一切最可敬佩的二十世纪的经师和人师！
为你们的固执，
为你们的愚昧，
为你们的 Snobbery[2]，
为你们替"死的拉住活的"挽救了五千年文化
遗产的丰功伟烈，
请接受我这只海贝，
听！
这里
通过辽远的未来的历史长廊，
大海的波涛在赞美你。

（一）政治学家

伊尹

---

[1] 本诗是依据范宁先生保存的经作者亲自改订的手抄稿编入的。据范宁先生说，这是闻一多先生写下的最后一首诗，原本打算写八首，但只写成了一首。
[2] 势利。

吕尚

管仲

诸葛亮

"这些",你摇摇头说,

"有经纶而缺乏戏剧性的清风亮节。"

你的目光继续在灰尘中搜索,

你发现了《高士传》:

那边,

在辽远的那边,

汾水北岸,

藐姑射之山中,

偃卧着四个童颜鹤发的老翁,

忽而又飘浮在商山的白云里了,

回头却变作一颗客星,

给洛阳的钦天监吃了一惊,

(赶尽是光武帝的大腿一夜给人压麻了)

于是一阵笑声,

又隐入七里濑的花丛里去了⋯⋯

于是你也笑了。

这些独往独来的精神,

我知道,

是你最心爱的,

虽然你心里也有点忧虑⋯⋯

于是你为你自己身上的

西装裤子的垂直线而苦恼,

然而你终于弃"轩冕"如敝屣了。

你惋惜当今没有唐太宗,
你自己可不屑做魏征。
你明知没有明成祖,
可还要耍一套方孝孺;
你强占了危险的尖端,
教你的对手捏一把汗。

你是如何爱你的主角（或配角）啊！
在这历史的最后一出"大轴子"里,
你和他——你的对手,
是谁也少不了谁,
虽则——
不,
正因为
在剧情中,
你们是势不两立的——
你们是相得益彰的势不两立。
正如他为爱他自己
而深爱着你,
你也爱你的对手,
为了你真爱你自己。

二千五百年个人英雄主义的幽灵啊！
你带满了一身发散霉味儿的荣誉,
甩着文明杖,
来到这二十世纪四十年代的公园里散步;
你走过的地方,

是一阵阴风；
你的口才——
那悬河一般倾泻着的通货，
是你的零用钱，
你的零用钱愈花愈有，
你的通货永远无需兑现。

幽灵啊！
今天公园门口
挂上了"游人止步"的牌子，
（它是几时改作私园的！）
现在
你的零用钱，
即便能兑现，
也没地方用了。

请回吧，
可敬爱的幽灵！
你自有你的安乐乡，
在藐姑射的烟雾中，
在商山的白云中，
在七里濑的水声中，
回去吧，
这也不算败兴而返！